무지개 약속

이 도서의 국립중앙도서관 출판예정도서목록(CIP)은 서지정보유통지원시스템 홈페이지
(http://seoji.nl.go.kr)와 국가자료종합목록 구축시스템(http://kolis-net.nl.go.kr)에서 이용하실 수
있습니다.
(CIP제어번호 : CIP2019025106)

무지개
약속

麗海 한승연

한누리미디어

〈무지개 약속〉
그 새로운 2020을 꿈꾸면서

　이 세상은 온갖 벌레, 그 독충들이 달라붙는 과정에서도 꽃은 꽃들끼리 숲속이나 정원에서 비바람을 맞으며 피어났다가 계절이 바뀌면 그처럼 퇴색한 꽃잎을 땅에 떨치고 떠나기 마련이다.

　그것이 자연의 이치이듯이 비바람 찬서리 속에서 내가 살아온 삶의 행보 역시도 그와 다를 것이 없었다. 지난날의 궤적을 반추해 보게 되면 비바람 폭풍우 속에서 마치 우화처럼 살아온 내 삶의 풍경화를 그려내고 있었다고나 할까?

　그러나 그처럼 벌레들이 우글거리는 진흙 밭 같은 세상 속에서 인간 생명의 본질과 천지창조 하나님의 우주정신, 그 사랑이 무엇인가를 깨닫게 해 주신 것이 하나님께서 내게 주신 크신 축복으로 오늘의 내 모습을 만들어가게 해 주신 것이 아니었을까 싶다.

　옛 속담에도 주인이 쇠붙이로 명검을 만들기 위해서는 활활 타오르는 불구덩이 속으로 집어넣어 담금질을 한다고 하듯이 시대와 나라를 달리하고 출현하셨던 세계 7대 성현들께서 죽을 수밖에 없는 사망의 자식들에게 전해 주신 천도(天道)의 말씀이 그것이다.

공자 성현께서 하신 말씀이 하늘이 큰 사람을 만들기 위해서는 뼈를 깎는 고통을 준다고 하셨다. 그러한 인간세상 삶의 분위기가 하나님의 예정된 뜻 가운데 천지인(天地人)을 완전하게 통합시키기 위한 섭리역사라고 했다.

그렇기 때문에 물질이 왕노릇을 한다는 세상은 고통을 안겨 준다는 의미에서 석가 붓다께서 중생들에게 하신 말씀이 그렇게 물질이 출렁이는 세상을 빗대어 고통의 바다 고해(苦海)라고 하시었다.

그와 같은 맥락에서 예수께서는 물질은 일만 악(惡)의 뿌리라고 하시며, 그처럼 악이 난무하는 물질세상 욕구로 출렁이는 물심(物心)을 하늘나라 그 천도(天道)의 말씀을 듣고 다스릴 수 있을 때 비로소 평안을 얻게 된다는 뜻에서 '천국과 지옥은 너희 마음에 있느니라' 라 하신 것이고 보면, 물질세상은 그처럼 인간 영혼을 성숙시키기 위한 닦음의 수도장이기 때문에 고통일 수밖에 없다는 것이다.

그렇기 때문에 이 세상에 태어난 인간의 삶은 누구나가 그렇듯이 내가 살아온 삶의 행보 역시나 다를 것이 없었다. 진흙 밭 같은 어둠 속에서 헤벌쭉거리며 달라붙는 온갖 벌레들의 입질에 깨물리고 또 깨물리며 한숨을 쉬고 눈물을 흘려야만 했었다.

그러나 그 고통을 통해서만이 미완의 물체 인간이 천리(天理)를 분별하게 되면서 마침내 성숙되어 성인의 반열에 오를 수 있게 된다는 것이 공자 성현께서 말씀하신 동일귀체(同一貴體)며, 체성복귀(體性復歸)로 세계 칠대 성현들께서 동일한 맥락으로 일깨워주신 말씀이다.

그 뜻을 음미해 보게 되면 그처럼 눈물을 흘려야만 했던 고통의 물질 세상에 태어나게 됨이 미완의 내 영혼을 성숙시켜 주기 위한 천지부모 하나님의 사랑이었음을 다시 생각해 보게 되면서 고개를 끄덕이게 해 준다.

성자 예수께서 '심령이 가난한 자는 복이 있나니 천국이 저희 것이요' 라 하신 그 말씀의 개념을 되새겨 볼 때, 하늘이 인간 누구에게나 자신을 되돌아보며 자아성찰(自我省察)을 하고 수행을 하도록 각자 몫으로 주신 그 운명적인 고통의 십자가를 짊어지고 나를 따르라고 하시며, 범사에 감사하라고 하신 그 말씀이 오늘 이 몸짓을 하도록 인도해 주셨음이 틀림없다.

거기에 또한 옷깃만 스쳐도 전생의 인연이 있기 때문이라고 하신 석가 붓다의 인과응보(因果應報)의 법문을 다시 떠올려보면서 내가 살아 온 진흙 밭 같았던 어둠 속에서 그처럼 달라붙는 벌레들에게 깨물리며 내 영혼을 탈겁시키게 해 주신 하나님 은총의 선물이 내가 짊어지고 그처럼 눈물을 흘려야만 했던 십자가의 고통이었음을 비로소 깨닫게 되면서 범사에 감사하는 마음이 용출되어 여기에 묶어 엮게 된 《무지개 약속》이다.

주제가 그렇듯이 그 형태가 내가 이 세상에 별스럽게 태어난 운명임을 예시해 주었던 것인지도 모른다. 그 태몽 꿈부터가 대문 밖에서 '흰 돼지' 가 아버지의 바지를 물고 따라 들어왔다고 했기 때문이다.

그 '흰 돼지' 의 상징성은 세상지향적인 사망의 자식들이 풍요로운 삶을 추구하는 기복신앙의 제물이 아니라, 하늘나라 영혼 생명을 간구하는 영적 제사 제물로 천제단에 올림을 받아야만 될 운명을 타고난 것이라는 것을 그렇게 예시해 주었던 것인지도 모른다.

그렇게 세상풍요를 추구하는데 제사용품 제물로 쓰임을 받을 수 없는 흰 돼지가 별스럽게 대문 안으로 아버지를 따라 들어왔다는 태몽 꿈을 꾸고 잉태된 그 별종이 세상에 고개를 내민 그 분위기부터도 결코 평범하지를 못했다는 것이다.

그 형태가 섣달 그믐날 떡방아를 찧던 어머니가 갑자기 해산의 진통을 느끼고 방으로 들어가 출산을 기다리고 있었지만 그러나 어찌된 일인지 그 진통이 사흘 동안이나 계속되면서 산모는 마침내 혼절을 하고 말았다고 했다.

그처럼 산모가 졸도를 하고 사경을 헤매는 분위기에 동네 사람들이 그 소문을 듣고 달려와 고개를 들어 밀었고, 드디어 가족들과 함께 초상치를 준비를 하고 있을 그때였다고 한다. 방문 밖으로 난데없이 찬란한 일곱 빛 무지개가 뻗어 내림과 동시에 출산의 기대를 할 수 없었던 산모의 방에서 뜻밖에도 '으앙' 하고 울음을 터뜨리고 아기가 태어났다는 것이다.

그렇게 온 동네 소란을 피우고 태어난 애물단지가 산모를 졸도시킨 '흰 돼지' 그 태몽으로 세상에 고개를 내민 그 분위기부터가 성서적으로 비온 뒤에 청명한 날을 약속한다는 바로 그 '무지개' 라고 했다.

그처럼 소란을 피우며 세상에 고개를 내밀었던 그 별종이 어둠의 진흙 밭 같은 세상에서 그렇게 주룩주룩 눈물을 흘려야만 했던 운명의 파노라마(panorama) 그 상징성을 하늘은 그처럼 출생에서부터 예시해 주었던 것이라고나 할까?

산모의 졸도로 초상마당을 준비하던 동네사람 입질들이 순탄하지 못한 그 출산분위기가 반갑지 않다는 듯이 축하는커녕 '하늘에서 선녀가 죄짓고 쫓겨 온거,' 그렇게 입들을 삐죽거렸을 정도였었다는 것이다.

그처럼 이 세상에 태어남의 시작부터가 산모가 겪어야 할 해산의 진통 그 삼일동안 온 동네 소란을 피웠다는 애물단지가 하늘에서 무지개를 뻗는 순간 고개를 내밀었다는 별난 출생이었다.

그렇게도 유별스러웠다는 출생분위기를 참고해 보면 비온 뒤에 청명한 날이 열리게 됨을 약속하는 성서속의 무지개의 의미개념을 오늘 세월 지친 칠십 계단에 앉아 세상을 저만치 내려다보면서 이제는 은근히 믿어보고 싶은 심정이다.

그런 오늘, 동터 오는 아침 햇살을 바라보면서 지난날 그처럼 흘러왔던 눈물은 감사로 바뀌어 '나는 길이요, 진리요, 생명이라' 고 하신 그 숨결을 따라가게 된 행보였으며, 그 고통이 내게 주신 하나님의 은총이었다고나 할까?

그처럼 지난날 겪어왔던 고통으로 인해서 생각해 보지도 않았던 천지인(天地人) 참부모 하나님의 천국 티켓(ticket)을 받게 되었음이 그 '무지개 약속' 이었던 것이 아닐까? 그렇게 믿어지면서 그 뜻을 고통 받는 우리 이웃들에게 펼쳐 자랑하고 싶은 것이다.

그러한 오늘, 특히나 그 기쁨이 되어주는 구세주의 말씀이 "그런 즉 누구든지 그리스도 안에 있으면 새로운 피조물이라. 이전 것은 지나갔으니 보라! 새것이 되었도다" 하신 그 위로의 말씀이 마침내 혼자 외롭게 걸어가는 인생길이 아니라 '아버지가 내 안에, 내가 아버지와 함께 있느니라" 하신 그 말씀이 예수신랑을 모신 마음으로 든든해지면서 "다시는 물로 심판하지 않으리라" 하신 그 일곱 빛 찬란한 '무지개 약속' 을 펼치게 해 주신 그 사랑의 은총을 입게 된 것이라고나 할까?

내게 주신 그 축복의 믿음이 그처럼 놀라운 하나님의 섭리역사를 세상을 아파하는 우리의 이웃들에게 귀띔해 주어야 되겠다는 심정이 천지창조를 하신 하나님의 뜻이 이 땅에서 이루어지게 된다는 말법시대(末法時代) 구원의 방주 십승지(十乘地)를 정도령(正道靈)이 출세(出世)하게 된다는 호남에서 찾으라고 예언한 '정감록비결서' 역시도 반추해 보게 해 준다. '남쪽 나라 십자성(十字星)은 어머니 얼굴'이라고 묘사하고 있는 그 실체가 자비롭고 거룩하신 천지부모 성모님을 상징하는 것이기 때문이다.

그 형태가 천지부모 하나님께서 섭리하신 천기운행(天氣運行)으로 거룩하신 천부(天父)께서 일찍이 기쁨의 동산으로 예정해 두셨다는 운봉(雲蜂)에서 새 노래를 부르게 될 것을 암시해 주셨다는 점이다.

그렇기 때문에 지형적으로 인간의 도리(道理)로 예(禮)를 구(求)한다는 전라도 구례(求禮) 지리산 천왕봉(天王峯)과 그 혈맥을 같이하고 있는 운기(雲氣)를 받도록 인도함이었던지 주거지가 편안치를 않아 산동으로 옮겨 앉아 손놀림을 하고 있을 때였다.

그러나 그곳 역시도 불편한 것은 마찬가지였다. 슬금슬금 미꾸라지처럼 음습하게 기웃거리는 그 몸짓 눈빛을 피해 어쩔 수없이 남원 땅으로 훌쩍 옮겨 앉아 버렸었다.

그런데 놀랍게도 천부께서 배달한민족의 전통문화 그 천상의 풍류도(風流道)를 구원의 방주 그 십승지(十乘地) 속에 펼칠 기쁨의 동산으로 예정해 두신 그 화엄운기(華嚴雲氣)의 운봉(雲峰)을 바라보면서 오늘 이처럼 성서 계시적인 《무지개 약속》을 펼치게 됨을 참으로 감사하면서 고개 숙여 옷깃을 여미게 해 준다.

'남쪽 나라 십자성은 어머니 얼굴'이라는 그 반짝임의 복귀를 추구하고 갈망하는 마음이 단시를 읊고 불러보는 심성의 기도가 오직 '아~주!'로 점철되도록 해 주었기 때문이다.

신명의 넋으로

삼천리반도 금수강산
오곡백과 풍성한 호남평야
이 겨레 동맥, 꿈의 산실이었네
그처럼 어둡던 민족 시련기에서
이 터전의 씨알들 짓밟히고 짓밟혀도
알몸으로 심지 굳혀 봉화를 올렸던
참으로 이 나라 지켜온 구국의 선열
그 혈맥 피 뿌려진 보배로운 텃밭이여!

오! 그처럼 하늘을 치솟던 무리의 함성
이 터전에 뿌려진 그 혈맥의 분신들
이제 새날이 밝아오는 분수령에서
그 씨알 운기는 태양보다 더 밝고
그 기상 청산처럼 여전히 푸르렀으니
베틀에 잉아감고 온누리 맞아들일 그 몸짓
화엄운기 감싸안고 세계 평화를 위해
새 밀레니엄 끌고 나갈 충만한 가슴이여!

야호! 대답해 보시게나
고난으로 영글어진 신명의 이 터전에
뿌리 깊이 심어진 그 멋과 향기 또 있으랴
지난날 목마름으로 울부짖던 그 무리의 함성
오늘은 소리 높여 '아~주!'를 외치나니

아득하던 남북이 화합으로 문을 열고
희망찬 새 역사의 수레바퀴 돌리려 함이라네
세계 속에 빛날 Korea 그 내일을 위해…….

백보좌(百寶座) 성모님의 미소

1)
오딜롱 딜롱, 날개 펴는 백보좌의 미소
평화의 북소리 울리며 부르는 노랫가락
어두운 밤에 두 눈을 활짝 뜨게 하는
한민족 인본주의(人本主義) 홍익인간(弘益人間) 이화세계(理化世界)
오! 새날의 꿈을 안겨주는 기쁨이어라.

2)
오딜롱 딜롱, 날개 펴는 백보좌의 미소
젖어온 세월의 눈물, 닦아주는 그 손짓
새날의 아침 햇살 스며들게 해 주는
물빛 고운 천궁의 사랑 그 숨결은
오! 찬서리에 젖은 꽃잎들 기다림이었네.

3)
오딜롱 딜롱, 날개 펴는 백보좌의 미소
가슴 울렁이게 하는 자비로운 그 손짓
남북으로 출렁이며 떠돌던 외기러기

새날의 문을 열어주는 평화의 그 숨결
오!~ 천상천하(天上天下) 품어안은 자비의 사랑이여!

4)
오딜롱 딜롱, 날개 펴는 백보좌의 미소
아침햇살 반짝이는 기쁨이 충만하여
슬픈 영혼 가슴에 안고 다독여주시는
그처럼 자비로운 그 숨결의 가락은
오!~ 저 높은 곳, 천상의 풍류도라네.

동방의 등불 밝혀보세!

1)
얼씨구 좋네.
얼씨구 좋아!
둘이 둥실 두둥실
눈이 없어 못 갈 건가
발이 없어 못 갈 건가
내 님 마중 나가 태우려고
백두산 줄기에 배 띄우네.
…(후렴)…
아리(亞理) 아리, 아리랑(亞理朗)
도리(道理) 도리, 짝짜꿍
우리 함께 두 손을 마주잡고

아리랑 고개를 넘고 넘어
우리의 소원 통일 이루어 보세!

2)
얼씨구 좋네.
얼씨구 좋아!
둘이 둥실 두둥실
남쪽 선녀 넘어가고
북악 선비 마중 나올 제
우리의 소원은 평화통일
동방의 등불로 불 밝혀보세!

3)
얼씨구 좋네,
얼씨구 좋아!
둘이 둥실 두둥실
삼천리 반도 금수강산
무궁화 꽃 심고 또 심어서
평화를 사랑하는 배달민족으로
지구촌에 태극 깃발 높이 들고
족장다운 모습으로 힘차게 나가보세!

지리산 운봉을 바라보는 작업실에서
2019년 초여름에
白丹心 麗海 **한 승 연**

무지갯빛 찬란한 필생의 선업

김 재 엽

(정치학박사, 한국불교문인협회 회장)

　　전남 여수 일대에서 내로라하는 선주(船主)의 딸로 태어나 유년시절을 매우 풍요롭게 지내다 6.25 한국전쟁의 소용돌이 속에서 모든 재산을 잃고 갈길 몰라 방황하다가 부모님의 권유를 거스르고 사랑하던 사람과의 야반도주로 꾸민 신혼생활, 그리고 끊임없이 이어져 온 삶의 질곡들. 남들보다 많이 울고 부모 속 썩힌 것만큼이나 가슴 속에 깊은 멍과 함께 바람구멍처럼 뻥 뚫려 버린 허허로움을 안고 사업실패의 연장선상에서 스스로 이승을 떠나려 했던 여인 한승연. 그러나 그녀에겐 그 무엇보다 견고한 이승에 온 본연의 업이 지워져 있어 보이지 않는 그 누군가가 진흙밭 속에 매몰되어 있는 그녀의 시혼(詩魂)을 하얀 연꽃으로 피워 올려 문필활동에 매진하게 만들었는데….

　　1986년 40대 중반의 연치에 장편소설《바깥바람》을 상재하며 늦깎이로 문단에 등단하여 이후 30여 년간 시집, 장편소설, 수필집, 사상서 등 근 50권에 달하는 저서를 발간함으로써 대문호의 입지를 굳힌 한승연 작가. 자신이 신봉하던 기독교 교리에 유불선(儒佛仙)과 노장(老莊)사상을 가미하여 천손민족으로서의 우리 배달민족의 민족성이 표출된 홍익사상과 이화세계의 염으로 사상서로서의 새로운 지평을 연 '지구촌 빛과 어둠의 역사'를 창출하였는데 이 고색창연하고 무지갯빛 찬란한 업적이야말로 필생의 선업이기에 힘찬 박수를 보낸다.

본서에서는 한승연 작가가 그 동안 상재한 책들 중에서 축사나 추천사, 발문, 그리고 작품해설이나 평설, 촌평, 리뷰(review) 등을 모아 엮음으로써 한승연 작가의 해당 작품을 이해하는 데 도움을 주고자 했다. 특히 당대 최고의 석학이라 할 수 있는 안호상 박사라든가, 전숙희 시인, 차범석 예술원장, 조병화 시인, 윤종혁 박사, 류민영 박사, 유종해 박사, 이선영 총재, 김광한 작가 등이 한승연 작품과 관련하여 써주신 글월들을 한 데 모은다는 의미에서도 매우 뜻 깊은 편집이라 여겨진다.

그간 허허로운 가슴속 빈 공간을 시와 소설, 아포리즘 또는 성어로 채우느라 밤을 지새우다 보니 육신이 망가져서 찜질방을 전전하기도 하였고, 서리가 되어 하얗게 흘러내린 머리카락 한 움큼을 부여잡고 주마등처럼 스쳐 지나가는 회한의 날들을 되새기다 아예 삭발하기도 한 한승연 작가가 이제 산수(傘壽)에 접어드는 즈음에 '무지개 약속'이라 이름하여 독자들께 인사드린다.

부디 측은지심이 몸에 배어 어려운 사람을 만나면 다시 손을 잡아주고 마는 인정 넘치는 작가 한승연이 그려낸 수많은 주인공과 용어들, 미움보다 사랑이, 복수보다 용서가 많았던 모든 문장들이 언젠가는 기필코 그가 쓴 작품들과 함께 화려하게 부활하기를 기대해 본다.

2019년 6월

차례

008 … 작가의 말/⟨무지개 약속⟩ 그 새로운 2020을 꿈꾸면서

018 … 추천사/ 김재엽

022 … 개천 그리고 개국—추천의 말씀/ 안호상

024 … 그리고 이브는 숲을 떠났다—작품을 읽고/ 張夕鄕

027 … 내가 바람이고 싶어 했을 때—서문/ 田淑禧

　　　　작품해설/ 李秀和 · 발문/ 李閨豪

045 … 별이 된 가슴아—발문/ 조병화

047 … 묵시의 神曲—작품리뷰/ 편집부

049 … 사랑하며 산다는 것은—발문/ 김광한

056 … 산다는 것, 그 멀고도 긴 터널—서문/ 윤종혁

　　　　　　　서평/ 임헌영

068 … 성서로 본 창조의 비밀과 외계문명—작품리뷰/ 편집부

070 … 성서로 본 칠성님의 비밀—서문/ 유종해

　　　　　　발문/ 김경

080 … 운명의 카르마—머리말을 대신하여/ 김광한

083 … 꽃이 지기 전에—서문/ 車凡錫

　　　　　　발문/ 류민영

104 … 역사의 수레바퀴—작품리뷰/ 편집부

106 … 등신불 수화—추천사/ 유종해

Contents

110 ··· 할미꽃 연가—발문/ 김광한

117 ··· 아! 무적—작품리뷰/ 편집부

119 ··· 섬진강 파랑새 꿈—작품리뷰/ 편집부

121 ··· 우주통일시대 α & Ω—작품리뷰/ 편집부

123 ··· 평화의 북소리—작품리뷰/ 편집부

125 ··· 어머니의 초상화 상·하—작품리뷰/ 편집부

127 ··· 매천야록 上—추천사/ 유종해

131 ··· 매천야록 下—추천사/ 이선영

133 ··· 오늘도 살아 있는 존재 이유—작품리뷰/ 편집부

135 ··· 우주정신과 예수 친자확인 소송—격려사/ 이선영

138 ··· 무궁화를 아십니까?—추천사/ 이선영

140 ··· 천계탑1·2—작품리뷰/ 편집부

142 ··· 개벽 그리고 개천 개국—추천사/ 유종해

145 ··· 진흙밭에 핀 연꽃—서문/ 현영조

148 ··· 동방의 빛 코리아여! 불 밝혀라—추천사/ 이선영

151 ··· 지구촌 빛과 어둠의 역사—격려사/ 유종해

158 ··· 초종교 활동 펼치는 여류 작가 한승연—세계일보/ 정영찬

161 ··· 한승연의 作述 약력

B6신판/ 192쪽/ 문학시대사 간

한 민족의 뿌리가
굳건하게 섰을 때
그 후손들은 그것을 바탕으로
하여 굳건하게 일어선다.
그 뿌리야말로 그 민족의
힘이며 지혜이며 이어 받은
민족의식의 발로일 것이다.

개천 그리고 개국

안 호 상
(초대문교부장관)

한 나라의 민족혼은 문화와 역사를 바
탕으로 한다. 우리는 세계 최고의 문화
민족으로서 찬란한 금자탑을 이룩한 배
달민족임을 자랑한다. 혼탁한 세기에 세
계를 주도해 나갈 민족으로서 우리의 역
사를 올바로 알고 자신의 위치를 찾아야
할 때다. 그래야만 주인 정신이 투철하
며 주체적인 선구자로서 후손들에게 영
광된 조국을 물려줄 수 있을 것이다.

과거 해바라기성 몰지각한 인사들의
사리사욕으로 인하여 멍들고 파괴된 민
족문화의 족보를 바로 세우는 데에 힘써
온 본인으로서 한승연 작가의《開天, 그

리고 開國》이라는 이 작품의 제목만으로도 본인을 감동시켰다.

　중국 해독(中國害毒)인 중독과 왜정 해독, 서양해독인 양독 등, 3독에 정복된 자칭 지식인이라는 자들의 망국적 사관과는 달리 힘차게 흐르는 한민족의 맥을 한 소설가에 의해 많은 청소년들에게 뿐만 아니라 우리 배달국민에게 조상의 성스러움을 깨우치게 되었음을 참으로 다행스럽게 생각하는 바이다.

　한 민족의 뿌리가 굳건하게 섰을 때 그 후손들은 그것을 바탕으로 하여 굳건하게 일어선다. 그 뿌리야말로 그 민족의 힘이며 지혜이며 이어받은 민족의식의 발로일 것이다.

　나는 한승연 작가의 《개천 그리고 개국》을 읽으면서 우리의 빼어난 역사의식을 바로 볼 수 있었으며, 이 작품이 개진하고 있는 작가의 의도에 대해 놀라움을 금할 수 없었다. 우리는 모두 한 몸으로서 곧 한 뿌리에서 비롯된 한 몸인 것이다. 그것은 세계의 어느 민족에서도 찾아볼 수 없는 유일한 한얼님의 사상, 그 실체인 것을 우리는 이 작품에서 충분히 밝혀 낼 수 있다.

　모든 문화와 역사는 궁극적으로 민족주의를 바탕으로 하고 있다. 민족을 떠나서는 그 어떤 문화도 역사도 그 빛을 잃어버리게 마련이다.

　나는 이 《개천 그리고 개국》을 읽는 이로 하여금 조국의 진실을 깨닫는 일에 큰 힘이 되어 줄 것을 믿어 의심치 않는다.

개천 5885년, 단기 4321년, 서기 1988년 7월

한 승 연 全作長篇小說

그리고
이브는
숲을떠났다

숲속에는 영겁취 투성이었다. 그녀의 앙살은 마침내 빨간 살켜 뿐이었으며, 그녀의 분별도, 입김도, 마지막 남은 그의 입맛 울도 눈물과 함께 내려갔다. 그리고 그녀는 숲을 떠났다.

한멋사

A5신판 / 330쪽 / 한멋사 간

불운한 시대를 잘 파헤쳐

張 夕 鄕

(시인 · 방송작가)

海草 같은 女子, 作家 한승연은 바닷바람과 함께 산다. 그녀는 만날 때마다 海湖音을 들려주고 헤어질 때면 한 잔 가득히 바다를 안겨 준다.

햇볕에 머리를 감고 '낭만'을 빗처럼 머리칼에 꽂고 다니는 女子!

作家 한승연은 그래서 소설을 쓰고 詩를 마시며 밤을 잉태한다.

그녀의 밤 속에서 잉태되는 참으로 많은 言語들이야말로, 그녀의 머리칼을 맴도는 무수한 갈매기라고나 할까?

오늘도 그녀는 이 소설을 남겨 놓고 한 마리 갈매기처럼,

"그리고 그녀는 숲을 떠났다."

— 詩人 李閏豪

지난해(1986년)에 출간된 한승연의 장편소설 《바깥바람》에 이어 이번 작품 《그리고 이브는 숲을 떠났다》까지 두 번째로 대한다. 먼저 《바깥바람》은 제목 그대로 바람을 피우는 뭇 남성들에게 고발하는 장편 서사시라고 하면, 이번 작품 《그리고 이브는 숲을 떠났다》는 한 시대를 불운하게 살아오고, 또 불행하게 살아가고 있는 사회의 병리적 현상을 리얼하게 터치했다.

소설이란 무엇이기에, 소설가는 어떤 동기로, 또 어떤 기분으로 소설을 써야 하는가 하고 자문할 때 그 작가 나름대

로의 대답이 나올 것이다.

　예를 든다면 소설가는 살아 있는 남녀를 창조하기 때문에, 또 그들 인물들이 살아가기 위해 아웅다웅 투쟁하는 모습을 보여주기 위해서라고 대답할 것이다.

　또 종교에 있어서의 신과 인간과의 투쟁, 연애에 있어서의 남자와 여자와의 투쟁, 그리고 인간이 자기 자신과의 투쟁을 적나라하게 그릴 것이다.

　이렇게 생각될 때, 韓承延의 이번 작품은 전자와 후자를 모두 겸비한 소설이라고 보아 별로 틀린 말이 아닐 것이다.

　남들이 20대, 30대에 쓰는 작품을 40대 중반에 들어서서 뒤늦게나마 문필을 불태우는 韓承延이야말로 모파상의 《여자의 일생》과도 같은 길을 걸어가고 있는 작가라고 평하고 싶다.

　항상 세상을 넓게, 깊게 보는 시야 속에 인간의 희비(喜悲)가 전개되어 가고 있다. 더욱이 이 작품에서 두드러지게 감동을 주는 것은 한국이라는 입지 조건하에서의 그 역사성이 연계되어 있다는 점이다.

　일제 36년 치하에서 우리 할아버지, 할머니, 아버지, 어머니들이 겪었던 사실, 또 여순(麗順)사건의 산 증인으로 등장한 오빠들의 고뇌, 그리고 6.25 한국전쟁까지 몰고 온 남녘 땅의 젊은이들의 애화(哀話)는 바로 이런 것들을 입증해 주고 있다.

　이렇게 몰락 위기에 있는 한 가정의 파탄을 작가의 예리한 눈과 필치로 엮어져 가고 있는 드라마틱한 줄거리는 바로 한 시대를 잘 투영한 것이라고 하겠다.

　"오메, 오메. 저 애기 좀 보소. 저 노릇을 워째? 에미는 죽었는디 새끼만 살았네요, 쯔쯔쯔……. 지리산 호랭이는 그 놈들 안 잡아 묵고 뭘하고 있쓰까잉 쯔쯔쯔."

지리산에 남아있는 재산공비들이 민가에 내려와 양민들을 학살한 장면을 이렇게 한 아낙네의 입을 통하여 6.25 전쟁의 참상을 잘 묘사했다.

이만 하면 한 작가로서, 한 작품으로서 성공하였다고 하여도 과언은 아닐 것이다. 계속 좋은 작품을 쓰기 바라는 마음 간절하다.

1987년 4월

북한산 우거에서

5신판/ 123쪽/ 문학시대사 간

육성(肉聲)이
많이 닮은 문학

田 淑 禧
(국제PEN클럽 한국본부 회장)

](詩)는 사람들이 생각하는
]처럼 감정은 아니라는
]이너 마리아 릴케의
]이 생각납니다.
]가 만일 감정이라면
]이 젊어서 이미 남아돌아갈
]큼 가지고 있지 않아서는
] 될 것입니다.

　문학은 육성(肉聲)의 그림이란 말이
있습니다. 육성에 닮아 있을수록 그 문
학은 우수한 것일 수밖에 없다고 생각하
고 있습니다.

　그렇기 때문에 문학은 항상 인생을 예
측할 수 있습니다. 문학은 인생을 복제
(複製)는 하지 않지만 그 목적에 인생을
주조(鑄造)할 수는 있는 것입니다.

　이미 두 권의 장편소설을 엮어내고 또
이번으로 두 번째 시집을 상재(上梓)하
신다는 소설가이자 시인인 한승연 여사

의 시를 읽으면서 나는 생(生)에 대한 참으로 아름답고 밝은 한 단면을
찾아낼 수가 있어 무척이나 기뻤습니다.

시(詩)는 사람들이 생각하는 것처럼 감정은 아니라는 라이너 마리아
릴케의 말이 생각납니다. 시가 만일 감정이라면 나이 젊어서 이미 남아
돌아갈 만큼 가지고 있지 않아서는 안 될 것입니다. 그렇기 때문에 시는
정말로 경험인 것입니다.

다음과 같은 시편에서 나는 이 시인의 삶의 경험을 눈여겨 들여다볼
수 있어 기뻤습니다.

> 나는 그 꽃이고 싶다.
> 밤이면
> 초승달 내려
> 외씨버선 만들어 신고
> 살포시
> 낯 붉혀 웃는
> 나는
> 당신의 뜨락
> 그 꽃이고 싶다.
>
> – 〈나는 그 꽃이고 싶다〉의 일부

가장 여성적인 사랑에의 기원이 한 송이의 꽃을 통하여 아름답게 승
화되고 있는 작품입니다.

그것은 이미 사랑의 감정에서 행위로, 다시 뜻 있을 수 있는 사유(思
惟)로 여과되어 표출되고 있기 때문입니다. 문학에 있어 시(詩)가 근본

적인 언어방법이라면 그것에 의해 시인은 그의 사상과 정서는 물론 그의 직각적 메카니즘을 포착하고 기록할 수 있어야 할 것입니다.

부디 소설과 시라는 그 두 개의 장르를 망라해서 한승연 여사의 작품이 보다 그의 육성(肉聲)에 많이 닮아 있기를 바라는 마음 간절합니다.

1988년 봄

작품해설

영혼주의(靈魂主義)와 파토스적 표정

–한승연 제2시집《내가 바람이고 싶어 했을 때》의 시세계

李 秀 和
(시인)

A5신판/ 123쪽/ 문학시대사 간

한승연의 시세계로 접근하기 전에 한 가지 결론적인 판단이 허용된다면 그의 시형이 전체적으로 원고지 3매 이내의 단형식으로서 압축적인 시어를 통한 선명한 이미지의 구축이라든가 통사적인 레토릭의 효과로서 획득될 수 있다.

한승연의 시군(詩群)은 크게 세 개로 구분할 수 있다. 범신론적 세계를 지향하는 영혼주의 시편들과 자연사물과의 동일성을 추구하는 서정적인 시들, 그리고 자신과 자아 내지 세계와의 싸움인 파토스적 표정의 시들이 공존하는 영역이다.

이 삼분법적인 분절은 물론 논자의 편의상 그것이긴 하나 시인 한승연의 자의성의 결과일 터이다. 이것이 입증될 만

한 그의(한승연은 여류지만) 전기적 자료의 기록 중에서 하나의 단서를 가져오면 다음과 같다.

　　정신적인 사랑이 결여되는 요즘, 현대를 사는 우리들에게 사랑과 진리가 육신의 좁은 세계를 벗어나서 영혼의 세계를 확대시켰다. 동시에 고고한 정신적 구도를 추구하여 불행한 세대를 살아온 우리 민족이 …(후략)….

이 글은 그의 장편소설《그리고 이브는 숲을 떠났다》후기 중에 보이는 그의 작품세계에 대한 정신적 태도를 보여주는 것이다. 바꿔 말하자면 한승연의 문학적 가치관은 파토스적인 삶을 극복함으로써 얻어지는 에토스의 세계 또는 불교에서 말하는 인간의 정신활동의 본원이 되는 실체로서의 영혼세계에 근거하고 있다는 얘기이다.

　　어머니 비단치마
　　짓밟고 간 사무라이
　　붉은 눈에 아우성인
　　백제의 아들을
　　게다짝 내질르며
　　개똥쇠라 불렀다
　　슬프게 얻은 이름 오늘까지

　　개똥쇠!

　　　　– 〈백제의 넋〉 중에서

한승연의 첫 시집《소라의 성(城)》에 보이는 시 〈백제의 넋〉또한 그가 영혼주의 문학 태도를 견지하고 있다는 사정을 약여하게 드러내 주는 것이겠다.

그렇다면 이번의 제 2시집《내가 바람이고 싶어 했을 때》에 3구분되고 있는 시편들과 그의 영혼주의 시의식은 어떤 표정을 드러내고 있으며, 그 가치관의 농도는 얼마만한 것인지를 논자가 텍스트로 선정한 작품들을 예거하면서 그의 시세계에 접근하기로 하겠다.

이 글의 단초에서 3구분된 한승연의 시군을 우선 소개하면, 첫째 그의 범신론적 세계를 지향하는 영혼주의 시편들로 〈아침은〉〈꿈〉〈어둠〉〈빛과 어둠〉이 있고, 둘째 자연사물과의 동일성을 추구하는 서정적인 시들로는 〈코스모스〉〈가을 여인〉〈나는 그 꽃이고 싶다〉〈바깥 바람소리〉, 그리고 자신과 자아 내지 세계와의 싸움인 파토스적 표정의 시로는 〈북소리 징소리〉〈당신의 가슴〉〈오 당신은〉〈봄의 소리〉〈우리들의 아침은〉 등이 있다.

이와 같은 텍스트를 통한 한승연의 시세계로 접근하기 전에 한 가지 결론적인 판단이 허용된다면 그의 시형이 전체적으로 원고지 3매 이내의 단형식으로서 압축적인 시어를 통한 선명한 이미지의 구축이라든가 통사적인 레토릭의 효과로서 획득될 수 있는 촌철살인(寸鐵殺人)의 시적 감동을 기대하겠으나 그런 우리의 기대는 충족될 수가 없다.

한승연의 시법은 대부분 진술 형식이기 때문인데, 이는 그가 산문(소설) 창작에 기울여온 노력의 부산물이라면 지나친 판단일 터이고, 오히려 그의 영혼주의 시의식을 표출하는 데는 진술형식에 의지함으로써 시란 뜻을 말한다는 동양 고전주의적 시학에서 출발하고 있는 기법이라 보는 것이 좋을 듯하다.

둥 둥 둥
북소리다 징소리다
사내가 밤낮 없이 꽃궁 핥는
장구소리다
울림증이다 현기증이다
사내가 벌이는 꽃대궁 잔치소리
북치는 육성이다

- 〈북소리 징소리〉 1연

보들레르나 미당(未堂)의 초기시에 보이는 마성극복의 의식세계가 적나라하게 드러나고 있는 이 시는 우선 한승연의 시에선 보기 드문 장시적 호흡인 점이 특징이다. 여하튼 365일의 변함없는 시간 속에서 묵은 계집과 사내가 육정적 환락에만 탐닉하면서 그 허망한 존재의 심연을 극복하지 못하는 파토스적 의식 공간을 이 시는 극명하게 표출해 놓고 있다.

이같은 의식 공간이 물론 진술자의 사적인 것이 아님은 말할 나위가 없겠으나 시인 한승연의 파토스적 표정임은 분명할 터이다. 감정의 표현은 표정이기 때문이다. 그리고 감정의 표현이 시의 형식을 갖추었을 때 그 감정이란 시가 분명하므로 여기 한승연의 시 〈북소리 징소리〉에 표백된 그의 감정은 시인 한승연의 파토스적 표정인 것이다. 그리하여 우리는 이 시에서 그의 표정을 통해 한승연의 시의식이 "땅이 갈라지는 아픔이야 슬픔이야/ 북소리야 징소리야" 하고 절규하고 있음을 확인하게 된다. 필경 영혼주의로 지향하게 될 그의 시정신의 고뇌인 것이다. 어떤 또 다른 파토스의 과정을 겪어 가는지 다음 작품을 보자.

자줏빛 벨벳의 당신 가슴은
하얀 밤을 열고 앉아
먹물로 짜는
수천 필의 예쁜 비단입니다

거기엔
온갖 아름다운 새들의 노래와
예쁜 꽃들의 춤과 웃음이
그리고 땅으로 내려온
아기별들의 눈망울이 반짝이고
천사의 속삭임이 반짝이고
우리들의 사랑이 반짝이고

당신의 가슴은 수천의 비단
끝없이 솟아나는 새암의 원천
그 먹물로 짜는 빨간 벨벳의
당신의 가슴은 보드라운 비단

- 〈당신의 가슴〉 전문

　일찍이 〈하늘의 융단〉을 노래한 서구의 마지막 낭만주의자 W. B. 예이츠에 비견할 만한 낭만적 파토스의 세계가 이 시의 의식 공간이 되고 있음은 누구나 해독할 수 있을 것이다. 그만큼 이 시는 평탄하다면 평탄한 구조와 시어들로 짜여져 있으나 어조의 격정성, 사랑의 낭만성을 헤아리게 된다면 이 시의 화자의 파토스적 표정은 쉽게 드러난다. 이 같은 사랑의 파토스는 결국 에로스가 유한하다는 확실한 인식의 바탕 위에서 출발하지 않고, 방황하는 의식의 광기에 불과하다는 자아성찰의 단계를 거쳐야만 서정적 세계와의 만남이 이룩된다.

　한승연의 파토스는 〈오 당신은〉이란 시에서 그러한 예지를 거쳐 〈봄의 소리〉에서는 자연적 사상을 통한 파토스의 정화과정을 겪고 〈우리들의 아침은〉에 이르면 "냉방의 겨울 밤/ ⋯⋯/ 베틀에 잉아 감고 인내로 짜는 비단// 그 비단 펼치기에/ 아직 아침은/ 조금은 더 기다려야" 하는 영혼주의와 시인이 만날 수 있는 과정을 설명해 주고 있다.

　　나는 그 꽃이고 싶다
　　봄날 양지바른
　　당신의 뜨락
　　거기
　　아침마다 수줍음으로 피는
　　나는
　　그 꽃이고 싶다

　　나는 그 꽃이고 싶다
　　한낮의 졸음을 털어내고
　　당신을 맞을 채비로 웃는
　　나는 그 꽃이고 싶다

　　나는 그 꽃이고 싶다
　　밤이면

초승달 내려

외씨버선 만들어 신고

살포시

낯 붉혀 웃는

나는

당신의 뜨락

그 꽃이고 싶다

- 〈나는 그 꽃이고 싶다〉 전문

　자연사물과의 동일성을 추구하는 서정적인 시편 거의 전부가 이와 같은 동양의 전통적 여성상을 모형으로 하여 정서의 안정기에 접어드는 태도를 보여주게 된다. 애상적 미감을 자아내기에 충분한 서정시의 가편이랄 수 있는 〈코스모스〉에서는 이제까지의 격정적이고 방황적이며 광기에 가득찼던 한승연의 파토스적 표정은 온데 간데 없고 그 대신 세계를 자아화하거나 자아를 세계화하여 일체를 이루려는 동일성의 세계 추구 태도를 취하고 있는 것이다.

　이 같은 서정적 동일성(identity)의 성취야말로 시인의 자아구원의 전향적 의식공간인 바 한승연의 경우 이로써 일단은 시의식의 어떤 무지갯빛 이데아를 여망할 수는 있게 된 것이다. 물론 그가 동일성 추구의 시심에 걸맞는 다수의 서정시편을 이번 시집에서 보여주고 있다거나 그의 그와 같은 태도가 확고부동한 시정신의 바탕에 근거되어 있다거나 하는 단정적 발언은 유보한 채로의 그에 대한 판단이다.

　그러나 그렇더라도 한승연은 동일성의 세계탐구라는 불가피한 시의식의 전향회로를 통과하고(충분히 성공적이든 아니든 간에) 그의 시정신의 구극을 어디에 두고 있는가 하는 일군의 작품을 보이고 있는데 그 대표적인 것이 다음과 같은 〈아침은〉이란 시가 있다.

아침은
천년의 해 수레를 끌고
우리들이 이룩한 피안의 성
그 문을 열고 있었다

그러나 청명한 아침
솟아오른 태양처럼
한낮을 불태우다 시나브로
침묵 속에 잠길
슬픔을 동반한 내 영혼의 그 빛

일월이 그렇듯
못 다한 정념
언젠가 비통으로 남을
그 끝 어딘가에
만삭의 내 사랑 묻힐
그 무성한 슬픔의 자리

아직 그 빛
한낮이 새로운데
천년의 하루가 시작되는 시각에

예감으로 참혹해지는
내 영혼의 슬픈 그 빛

- 〈아침은〉 전문

　이 시 〈아침은〉이 한승연의 영혼주의적 모티브로 되어 있음은 누구나 쉽게 판독될 것이다. 시간을 통한 파토스적 사랑의 유한성 문제 그것에 대응하는 시인의 내면 풍경과 사랑다운 사랑을 기다리는 갈망 끝의 인간적 비감으로 되어 있다. 그러나 이 시가 우리에게 파토스적 광기의 사랑보다는 천상적이고 영혼주의적 사랑에의 갈증상태로 감정전이를 갖게 함은 영혼주의자 한승연의 시적 세계관 즉, 자아와 세계의 조화를 추구하는 정신인 포에지 덕택이기도 하지만 이 시가 확보하고 있는 조사(措辭, poetic diction)의 적절성에 있다 하겠다.
　비록 한승연의 이같은 영혼주의 시편들이 모두가 〈아침은〉과 같은 주제와 형식의 균형적 성과를 거두고 있다고는 단언할 수 없겠으나 이 계통의 작품인 〈어둠〉 〈빛과 어둠〉 〈꿈〉 등은 우리에게 충분히 삶에 대한 새로운 눈뜸으로서의 감동을 주는 것들이겠다.

오, 꿈이었구나
졸음 끝에
살랑이는 고추잠자리
날갯짓 봄으로 오는
꿈이었구나

햇살 시려운

무색한 가을 뜨락

철 늦은 맨드라미 꽃 씨앗

벌판으로 쏟아지는

오, 그 날갯짓

가을 뜨락 벗어난

꿈이었구나

- 〈꿈〉 전문

한승연의 이 제2시집 《내가 바람이고 싶어 했을 때》 중에서 가장 빛나는 포에틱 딕션을 획득하고 있고, 그의 영혼주의적 세계관으로서의 시정신이 적절한 언어들과 만남으로써 우리에게 시의 미학적 감흥을 오래 인각시켜 주는 작품이 되고 있다.

이로써 한승연은 파토스적 광기의 표정으로서의 에로스로부터 자아와 세계와의 아이덴티티의 획득이라는 서정적 태도를 거쳐 파토스적 의식공간을 천상적인 영혼주의 세계로 상승시키려는 도정에 이르렀다고 보여진다.

이제 문제는 그가 그의 힘겹게 쟁취한 영혼주의를 어떻게 에토스화하며 그의 에로스적 사랑을 언제쯤 공동체 또는 총체적 휴머니즘으로 확대시키느냐 하는 데에 보다 전향적인 한승연 시의 새로운 지평은 도래하리라 전망된다.

전남 구례 산인 한승연의 시세계가 이 글의 초반에 예시한 〈백제의 넋〉의 세계와 접맥되는 연장선상에서 새롭게 확장된다면 여류라는 제한적 퍼스널리티와 굳이 관련지어서 볼 때 더욱 더 독자의 큰 기대에 부응하게 될 것이다.

한승연 제2시집
내가 바람이고 싶어 했을 때

문학시대사

A5신판/ 123쪽/ 문학시대사 간

오늘도 海草 같은 女子

李 閏 豪

(詩人)

그녀의 두 번째 시집
《내가 바람이고 싶어 했을 때》
에는 예의 그런 그녀의 감성이
죽순처럼 솟아 있어,
독자들에게 보다 더한
싱그러움을 느끼게 해 준다.

　바다에는 갈매기가 있어야 한다. 갈매기가 없는 바다는 얼마나 단조로울 것인가. 바다에는 끊임없는 파도가 있고, 포말이 있고, 통통배가 있고, 그리고 처얼썩거리는 그리움이 있어야 한다.

　그리움은 곧 바다, 그 肉身일 수가 있고, 水平線일 수가 있고, 그리고 하염없는 고기떼, 그 銀빛 반짝임의 비늘일 수가 있다.

　그 銀빛 비늘들이 헤집고 다니는 海草의 그 질긴 뿌리를 생각해 본 적이 있는가. 물살에 씻기우며 끊임없이 自己生成을 이룩해 내는 海草의 그 푸른 잎새들을 머릿속에 떠올려 본 적이 있는가?

그토록 싱싱한 푸르름, 바닷물과의 끊임없는 交信, 고깃떼의 遊泳을 보다 조화롭게 가꾸어주는 舞台. 海草는 바로 그런 그리움의 실체로 바다에 머물 것이라고 짐짓 생각해보는 그런 時間에 그녀의 詩篇들을 읽어본다.

그녀 한승연은 바로 그런 海草와 같은 女子다. 지난 봄, 그녀의 長篇小說《그리고 이브는 숲을 떠났다》의 말미에다 나는 사족처럼 몇 줄의 글을 써넣은 적이 있다.

"海草 같은 女子, 作家 한승연은 바닷바람과 함께 산다. 그녀는 만날 때마다 海潮音을 들려주고 헤어질 때면 한잔 가득히 바다를 안겨 준다./ 햇볕에 머리를 감고 '낭만'을 빗처럼 머리칼에 꽂고 다니는 女子! 作家 한승연은 그래서 소설을 쓰고 詩를 마시며 밤을 잉태한다./ 그녀의 밤 속에서 잉태되는 참으로 많은 언어들이야말로, 그녀의 머리칼을 맴도는 무수한 갈매기라고나 할까?"라고.

내가 알고 있는 한승연은 바로 그런 女子다. 그녀가 몰고 다니는 신선한 바람은 그렇기 때문에 늘 살아 움직이고 있다. 풀잎을 잠재우지 않고 일으켜 세우는 바람, 바다 또한 머물러 있게 버려두지 않고 늘 떠나게 하는 바람, 그런 바람을 그녀는 머리칼에서부터 발끝에 이르기까지 몰고 다닌다.

그녀의 두 번째 시집《내가 바람이고 싶어 했을 때》에는 예의 그런 그녀의 감성이 죽순처럼 솟아 있어, 독자들에게 보다 더한 싱그러움을 느끼게 해 준다.

내가 바람이고 싶어 했을 때

그는 커다란 깃발이었다.
천둥과 번개가 작열하는 깃발

바닷물을 가르며
하늘을 이만큼 끌어당기는 깃발
천년의 말씀이
펄럭이며 펄럭이며 흐르는
오, 內音의 깃발.

내가 바람이고 싶어 했을 때
그는 활활 타오르는 불꽃이었다.
끝없는 어둠이 타들어가는 불꽃
햇빛을 꺾으며
아득한 하늘을 불 밝히는 불꽃
은하의 별똥별이
시나브로 포물선을 긋는
오, 內音의 불꽃.

마침내
우리가 바람이고 싶어 했을 때
우리는 한 마리 比翼鳥 되어
어둠의 밤바다를 건너고 있었다.

- 〈내가 바람이고 싶어 했을 때〉의 전문

그녀가 〈바람이고 싶어 했을 때〉 그녀의 모든 對象은 '커다란 깃발'이 된다. 內出血로 이어지는 끊임없는 自意識의 轉移狀況은 이 시인의 詩的 호흡을 더더욱 간명하게 해 주고 있다.

다시 그녀가 〈바람이고 싶어 했을 때〉 그녀의 또 다른 對象은 '활활 타오르는 불꽃'이 된다. 그것은 끝없이 內燃하는 깃발이며 확산하는 깃발이 된다.

그녀의 詩들이 幻想的 이미지로 분위기를 이끌어가는 것은 이미지와 이미지의 接合이 이루어주는 유니크한 기법 때문이기도 하다.

천둥과 번개, 바닷물, 하늘, 말씀, 그리고 어둠, 햇빛, 은하, 별똥별 등등의 詩語가 接合하는 照應의 묘미에서 이 시인의 詩的 질서를 發見하게 된다.

이 작품에서 우리는 마지막 聯의 '比翼鳥'를 주목해야 한다.

'내가' 아닌 '우리가 바람이고 싶어 했을 때'로 上昇해 가는 과정에서 '나'와 '나'를 둘러싼 모든 대상은 하나가 되고 그것은 마침내 '비익조'라는 상상의 새로 비약하기에 이른다.

어떤 상황의 완성 혹은 사랑의 완성을 우리는 이 한 편의 작품에서 극명하게 추출해 낼 수가 있는 것이다.

詩人 한승연은 이미 첫 번째 시집《소라의 城》을 상재한 바 있고, 이어 장편소설《바깥바람》,《그리고 이브는 숲을 떠났다》등을 발간하여 詩와 小說을 통한 왕성한 創作慾을 과시하고 있다.

그녀가 文學에 있어서의 어떤 하나의 장르에만 구애받음이 없이, 보다 활기롭게 활동할 수 있는 구체적인 바탕은 그녀가 지니고 있는 文學的 體質, 즉 어떤 感性 내지는 機智에서 비롯되는 게 아닌가 싶다.

그녀의 詩를 읽으면서 나는 드라이든(Dryden)의 초기작품인《驚異의

해(Annus Mirabilis, The year of wonders)》의 서문에 있는 그의 말 몇 귀절을 상기해 보고 싶었다.

"시인의 상상력에 있어서의 최초의 행복은 창작할 수 있는 능력, 다시 말하면 思想의 발견이다. 둘째는 空想과 變調이며, 판단력이 主題에 대하여 적당하다고 생각되는 경우 그 思想에서 파생적인 것을 끌어내고, 그 사상을 造型해 나가는 것이다. 셋째가 詩의 發聲術 즉, 그렇게 발견되고 변형된 사상에는 교묘하고 의미 깊고 울림이 좋은 言語를 입혀서 장식하는 기술이다. 想像力의 기민성은 창작 능력 속에서 보이고, 그 풍부성은 공상에서, 精密性은 표현에서 보인다."

한승연의 詩가 내포하고 있는 상상력의 기민성과 풍부성, 그리고 精密性을 우리는 그녀만의 體臭일 수 있는 技法으로 보아 넘겨도 무난할 것이다.

아무튼 나는 그녀와 가끔씩 술잔을 나누었다. 때로는 카페에서 때로는 또 포장마차에서 아무런 부담없이 어울릴 수 있었다.

우리는 한 잔의 소주를 마시면서도 갈매기 소리를 엿들을 수 있었고, 파도가 이는 바닷속을 작은 통통배로 떠다닐 수 있었다.

바다 같은 女子, 때로는 또 파도 같은 女子. 그러다가 끝내는 海草 같은 女子로 술잔을 기울이는 그녀의 표정 속에 〈내가 바람이고 싶어 했을 때〉의 그 특유의 눈망울이 반짝반짝 빛을 내는 것을 나는 참 좋아한다.

그녀의 이 두 번째 詩集도 역시 그렇게 빛을 내어주기를 바라는 마음 간절할 뿐이다.

1987년 크리스마스 이브에

신판/ 310쪽/ 도서출판 세훈 간

실한 생활,

실한 인생,

깊은 사색이 흐르는

장같이 우리들의 머리를,

영혼을,

정신을 맑게,

원하게 해 주는 것이

디 또 있겠습니까.

깊은 사색이 흐르는 강

조 병 화

대한민국예술원 원장

한국문인협회 이사장

   이 에세이집의 저자 한승연 님은 이미 여러 권의 소설집에다 여러 권의 시집과 수필집을 출간한 분이고, 한국문인협회 회원이며, 국제PEN클럽 한국본부 회원이기도 하여, 이미 여러 독자들이 잘 알고 있는 문인이라, 특별히 내가 덧붙일 말 같은 것을 쓸 필요가 없다고 생각을 했으나, 같은 문학의 길을 걸어가고 있는 한 영혼의 동반자로서 이 서툰 글을 하나 붙이기로 했습니다.

   이미 출판된 이 분의 글이나, 이번에 출판하려는 여러 원고들을 두루 살펴보니 대단히 아름다운 문장으로 빛이 번득거리며, 그 글이 담고 있는 그 글의 내용, 또한 나의 마음을 흔들어주고 있는 것을 느끼곤 합니다.

독자들도 다 아시다시피 글은 감동이 있어야 합니다. 느낌이 있어야 합니다. 특히 문학의 글은 '안다' 는 것보다 '느낀다' 는 것이 더 중요한 글의 생명이라고 생각을 합니다.

이러한 점에서 이 분의 글은 따뜻하고, 느낌이 많은 문장의 진동을 가지고 풍요로운 내용(테마)을 더욱 독자들에게 감지시키는 매력 있는 것을 발견하곤 합니다.

질서 있는 문장이 리듬을 타고 문학의 향기를 풍기며 거침없이 술술 아름답게 흐르고 있는 글, 이 이상 상쾌한 문장이 또 있겠습니까.

진실한 생활, 진실한 인생, 속 깊은 사색이 흐르는 문장같이 우리들의 머리를, 그 영혼을, 그 정신을 맑게, 시원하게 해 주는 것이 어디 또 있겠습니까.

한승연 님의 이러한 에세이는 많은 독자들에게 많은 정신의 양식(糧食)을 주리라 믿고, 이 글을 붙입니다.

1994. 12. 6

3신판/ 180쪽/ 한누리미디어 간

승연 시인 스스로가
런 삶이었다고 술회하면서
깊은 삶의 질곡을
과 어둠의 미학으로 표출한
집 《묵시의 신곡》은
장한 철학적 깊이마저
감하게 한다.

묵시의 신곡

편집부

꽃상여가 멀리서 보는 사람에게는 울
긋불긋한 아름다움으로 보일 수도 있지
만 가까이서 보면 장송곡 짙게 깔린 눈
물의 행렬이듯이 한승연 시인 스스로가
그런 삶이었다고 술회하면서 그 깊은 삶
의 질곡을 빛과 어둠의 미학으로 표출한
시집 《묵시의 신곡》은 유장한 철학적 깊
이마저 체감하게 한다.

세상살이가 산을 넘으면 눈앞에 또 다
른 산이 등장하는 것과 같이 사람에 따
라서는 정도의 차이가 있겠지만 산다는
것 그 자체가 절벽을 맞이하는 것만큼
암담한 고통일 수 있기에 하늘을 원망하

기도 하고, 투덜거리기도 하며 때로는 이 세상에 고개를 내밀게 해 준 부모를 원망하기도 한다. 그러면서 아프게, 참으로 아프게 살아온 한 생이 전생에 깨닫지 못한 남은 공부가 있어 잠시 동안 죽음이라는 휴식을 취했다가 환생하여서는 미처 성숙되지 못한 영혼을 성숙시키기 위해 교육시키는 인연의 고리, 그 탯줄을 목에 감고 다시 몸을 바꾸어 태어난다는 세상에 빗대어 석가모니 부처는 고통의 사바세계라고 하였다.

그 이치와 다르지 않은 맥락에서 기독교리를 담은 성서 역시도 '생명록'에 기록된 자들에게 그 이름이 있다고 했으며, 그들이 다시 부활한다는 것을 계시적인 묵시록에 담아 두고 있는 것으로써 오늘 이 세상에 태어남과 함께 자리하는 존재의 이유, 그 실상을 바로 깨달으라고 하신 성현들의 말씀이 지나온 날들을 뒤돌아보게 하고 고개 숙여 묵상하게 하면서 세속에 팔랑이는 몸짓으로 옷깃을 여미게 한다.

그처럼 커다란 교훈의 진리 앞에서 고단한 삶을 살아가는 모든 사람들에게 위로가 되어 주고 있는 것은 그와 같은 진리의 말씀, 그 법을 듣고 깨닫는 것도 전생에 그 인연이 있어야 그 법을 만나고 또 깨닫게 된다는 것이 붓다께서 하신 말씀이고, 또한 그와 같은 뜻에서 예수께서도 '귀 있는 자는 들으라'고 하신 그 말씀에 깊이 천착하여 160여 편의 시편들을 써 모은 한승연 시집《묵시의 신곡》이야말로 어쩌면 불교의 윤회사상을 내면 깊숙이 담보하고, 성서의 깊은 뜻을 시로 함축시켜 풀어썼다고 할 만큼 한승연 시인의 시적 역량이 단연 돋보이는 명시집이라 하겠다.

신판/ 206쪽/ 도서출판 답게 간

인간적 완성의 길에 피는 아름다운 꽃

김 광 한
(소설가)

...란 마음이 아름다운

...람만이 쓰는 문자(文字)의

...춤이라고 한다면

...승연 시인의 시 작업은

...히 틀린 말이 아닐 것이다.

　"내가 정신 모르게 취했을 때 자신의 슬픈 과거를 속삭여주던 그 여자여….."

　위의 시(詩)는 일본의 천재시인 이시카와 다쿠보쿠(石川)의 단가(短歌)의 한 구절이다. 삶에 실패하고 그리하여 모든 사람들이 자신의 곁에서 떠났다고 생각들 때 사람들은 좌절의 고통을 겪게 된다. 사귀던 여자가 어떤 이유로 자신을 버리고 떠났을 때 젊은이는 마치 세상이 동강난 것처럼 절망을 하고, 목로주점에 들러 만취해 엎드려 있을 때 물끄러미 젊은이를 들여다보다가 나즉한 목소리로 자신의 슬픈 과거를 속삭여 주던 목로주점의 누님 같은 여자, 그 여자는 젊은이 등을 두들기며 "세상살이가 원래 그런 거야." 하던 말, 그 말 속에는 삶을 초월하는 모든 언어(言語)들이 있었다. 삶, 기쁨, 슬픔, 좌절, 희망, 실망 등등.

한승연 시인은 그런 사람이다. 우선 한승연 시인의 인간적인 면모를 살펴보면, 누가 찾아가든지 그 눈빛을 보고 금방 왜 찾아왔는지 알아차릴 수 있는 안목과, 무엇이든지 들어줄 수 있는 넉넉한 마음이 들어 있어서 사람의 마음을 푸근하게 해 준다.

고통과 좌절을 겪어본 사람만이 가진 달관(達觀)의 마음을 곧 시(詩)로 연결된다. 시란 마음이 아름다운 사람만이 쓰는 문자(文字)의 맞춤이라고 한다면 한승연 시인의 시 작업은 과히 틀린 말이 아닐 것이다.

살아 있음이
살아 있음이 아님을
실감나게 하는 오늘

아직 건너보지 않은
죽음의 강
우리들은 곧잘
그 죽음을
말하곤 했지만, 도무지
실감나지 않은
죽음의 세계
나와는 먼

그 이야기 같았는데

이야기만 같았는데……

– 〈그대는 떠나고〉 중에서

한승연 시인에게 있어서 죽음이란 단어는 그리 생소하지 않은 단어
이다. 인생 오십 년 이상을 살아온 사람이 가끔 느끼는 죽음은 인생의
화두(話頭)이자 반복되는 언어에 불과하듯이, 그 동안 한 시인은 많은
사람을 떠나보냈고, 그럴 때마다 슬픔을 느꼈지만 이제는 어쩐지 그 죽
음이란 단어가 친근하게 느껴지는 것은 그만큼 인생이란 그릇에 단련
되어서일까? 죽음과 죽음의 자세를 묵상하는 사람은 삶, 그 자체를 사
랑할 줄 아는 사람이라고 했는데 한승연 시인이 그렇다.

대부분의 여자가 그렇듯이 산다는 것에 '안달' 하다 보면 사람이 조잡
스럽고 수다스러워지는데 한승연 시인이 이들과 확연히 구별되는 것은
필자만의 생각일까?

어쩌면 '철학가' 와 같고 때로는 '보살' 과도 같은 그 마음씨에 많은
것을 담을 수 있기에 그녀의 언어는 한없이 다정스럽고 친근하게 느껴
진다.

왜? 글을 쓰는 업(業)을 통해서 필자는 한승연 시인의 마음을 너무나
도 잘 알고 있기에 새삼스럽게 지면을 빌어서 덕담을 하는 것이 낯 뜨거
워질 뿐이다.

그러나 한 가지 꼭 밝힐 것이 있다. 한승연 시인의 마음은 늘 질화로
와 같이 식지 않고 불타고 있다는 것, 누구에겐가 가진 것을 아낌없이
주고 싶은 뜨거운 마음이 있기에 한승연 시인이 있는 자리는 항상 훈훈
한 온기로 가득 차 있다. 냉랭하고 칼바람 드나드는 자리가 아니라 따뜻

한 온기로 가득 차 낯을 찌푸리고 찾아온 사람이라 할지라도 금방 마음이 풀어지고 함께 웃으면서 화해되는 분위기를 조성하는 마술사 같기도 한 사람이다.

그것은 세속적인 만족을 채워주려는 약삭빠른 언어가 아니라 고통을 인내로 이겨온 한 성녀(聖女)가 가질 수 있는 마음이 함께 하기에 가능하리라.

필자의 나이도 중년(中年)이 지났지만 스스럼없이 누님, 또는 작가 누님이라고 호칭하는 데는 그만한 이유가 있다. 같은 시대를 살아온 사람들이 거의 그렇듯이, 특히 여자란 한계를 잘 아는 필자로서, 한승연 시인은 누구보다도 속물스럽지 않으면서도 김소월의 시(詩)에 등장하는 '먼저 떠난 누님'과 같은 넉넉한 이미지가 배어있기 때문이다. 그래서 필자는 별로 생활에 도움이 되지 않는 글을 업으로 하고 있으면서도 한승연 시인이 있기에 늘 든든함을 느끼고 있고, 외롭고 쓸쓸한 인생에 활력소를 얻고 있는지도 모른다.

내 나이 스물세 살이던
어느 햇빛 쏟아지던 봄날
그는, 봄의 음악처럼
그렇게 내게
날갯짓으로 다가왔었다

수줍은 봄은
마침내
나뭇잎 푸른 여름을 준비하고

포만된 기쁨으로 출렁거리고
출렁거리고 있었다

- 〈첫사랑 이야기〉 중에서

시의 내용으로 봐 스물세 살에 첫사랑을 하기에는 조금 늦은 나이이 기도 하지만 한승연 시인으로서는 그것이 가능한 것이다. 활달하고 트 인 성격의 여자가 흔히 상대방에게 갖는 째째한 마음을 특히 혐오하는 시인으로서 스물 이상의 첫사랑은 아주 중요한 의미를 갖는다.

그처럼 누군가를 사랑했기에
나의 봄은 행복했고
사랑의 슬픔 속에서
여자로 성숙되어 가던 여자

- 〈첫사랑 이야기〉 중에서

감히 범인(凡人)은 흉내낼 수도 없는 시어(詩語) 속에 이어지는 시 구 절은 요즘 젊은이들이 껌을 씹듯 뱉어내는 시어와는 근본적인 차이가 있다.

고전적이면서도 씹을수록 감칠맛 나는 시어 속에 인생의 함축된 시 간들이 들어 있다.

한승연 시인의 첫사랑도 눈으로 보지 않았지만 무조건 주는 사랑이 었으리라. 요즘처럼 이기적이고 앙큼맞은 마음이 아니라 순결무구한 그 마음이었기에 시어가 그만큼 풍부한 것이 아닌가 생각이 든다.

그렇게 봄빛이던 내 사랑은

마침내

계절의 환절기처럼 신음하다가

그 장례의식 같은 깃발

줄렁줄렁 허망의 바다로 흐를 때

– 〈첫사랑 이야기〉 중에서

'줄렁줄렁 허망의 바다로 흐를 때' 참으로 철학적이면서도 함축된 언어이다. 허망의 바다란 곧 사바세계와 통한다. 불교에서 사바세계란 극복하는 세계를 뜻한다. 살아가면서 부딪히는 모든 역경을 극복하는 과정이 곧 삶이요, 그 결과가 죽음이라고 할 텐데, 한승연 시인의 마음은 첫사랑마저도 내어주고 떠나는 빈 마음, 그것이 들어있어서 사람들의 일시적인 욕망을 정지시키게 만든다.

한승연 시인은 그렇게 살아왔다. 불쌍한 거지를 보면 그냥 지나치지 못해 핸드백을 뒤적거리고, 꿔준 돈이란 아예 생각도 않으면서도 오십 중반을 넘게 살아왔다. 그렇게 살아오려니 마음고생은 또 얼마나 심했겠는가. 때로는 마음 고생시킨 사람들을 찾아가 삿대질이라도 해 주고 싶지만 천성이 그런 걸 어떡하랴. 보살의 마음이 너무도 넓게 자리 잡고 있어서 화를 내려면 보살이 말리고, 싸우고 싶을 때는 한승연 시인이 늘 기도의 대상으로 여기는 그리스도가 손을 잡는다.

"너희들 가운데 가장 보잘것 없는 자에게 해 준 것이 곧 나에게 해 준 것이다"란 마태복음 25장 후반부처럼 한승연 시인은 그런 마음을 갖고 살아왔고, 또 그렇게 살아가고 있다.

한승연 시인은 이번 시집 《사랑하며 산다는 것》 이외에도 많은 장편소설을 펴낸 소설가이기도 하다.《새들은 숲을 떠났다》《묵시의 불길》등 작품의 주제는 여류작가들이 흔히 줄거리로 쓰는 돈 많은 집 여자아이와 가난뱅이 젊은이와의 사랑이 아닌 철학적인 주제들이다. 그것은 고민해 보지 않은 사람들은 감히 엄두도 못 낼 주제이다.

《묵시의 불길》은 인간이 신(神)을 갈구하는 데서 오는 괴리감을 극명하게 그려 문단의 화제가 됐던 작품이다.

한승연 시인을 한 마디로 평한다면 "인생길에서 얻은 것을 아낌없이 주면서 그들에게 웃음을 주고 떠나는 나그네"라고 할 것이다. 그러나 인생에서 얻은 것이 무엇인가? 남들은 재물을 얻기 위해 발버둥 치며 눈알을 부라리지만 한승연 시인은 도대체 필자가 보기에 별로 얻은 것이 없는 것 같다.

그러나 한승연 시인은 그것보다 더 귀중한 신앙과 사랑, 그 사랑을 나눠주는 넉넉한 마음을 얻은 것 같다. 그것보다 더 귀한 것이 어디 있고, 또 더 귀한 삶이 어디 있겠는가?

그래서 한승연 시인의 글귀 하나하나는 귀한 침묵처럼 우리에게 마음으로 다가오는 것이다.

A5신판/ 293쪽/ 마당문화 간

삶의 고통 속에서
얻어낸 높은 지혜

윤 종 혁

전 홍익대학교 문과대학장
세계시인협회 부회장, 문학박사
전 번역가협회 이사장, 한국영문학회 회장
국제펜클럽 한국본부 부회장
영국 캠브리지대학교 명예문학박사

사람이란 대체로 묘한
존재이어서 누구나 삶이
고통이라고 서슴없이 말한다.
어떠한 경우에도 인생의
완전한 만족이란 없기 때문이다.
그래서 누군가는 세상을
불붙는 집이라고 말했다.

    살아가는 사람의 몸짓에서 향기로운 삶의 냄새를 맡는다는 것, 이 얼마나 축복인가. 사람들은 마치 태양을 좇는 해바라기처럼 권력과 사치, 그리고 이익과 명예를 추구하기 위해 스스로를 부패시키고 있다는 사실조차도 의식하지 못하고 살아가고 있다고 해도 과언은 아니다.

    그러한 우리네 삶 속에서 한 번쯤 자

신을 되돌아보게 하는 글, 그것은 아침 일찍 산책길에서 이슬 묻은 들풀의 신선함을 느끼는 것 같아 감동일 수밖에 없다.

권해서 좋은 책이란 우선 정신적인 영양소를 얻을 수 있는 책이라야 하며, 그리고 재미가 있어 저자의 사상 속으로 시나브로 끌려 들어가게 하는 것이라고 했다.

오늘 마주 대하게 된 한승연 작가의 《산다는 것, 그 멀고도 긴 터널》이란 에세이집 속에 담고 있는 그녀가 살아온 많은 이야기들이 바로 그렇다. 정신없이 치달아온 삶의 발자취를 한 번쯤 뒤돌아보게 하면서 무엇인가를 던져주고 있다. 바로 자신을 투명하게 바라보게 하는 거울이다.

어떻게 보면 사람이 태어나 한 생애를 살아가는 동안 그 나날들은 예상치 않은 시행착오 그러한 과오로 점철된다 해도 지나친 말은 아닐 것이다. 그러나 그러한 과오가 있기 때문에 인간일 수 있고, 또 그렇게 거듭 깨어짐의 아픔을 통해 보다 성숙해 가는 것인지도 모른다.

그녀가 어린 시절 보아온 부모들의 삶이 그러하고, 또 자신이 그 어른이 되어 살아온 삶이 또한 그렇게 돌이킬 수 없는 회한의 시행착오의 연속이었다고 과감하게 그것들을 드러내어 술회하면서 진솔하게 스스로를 자책하고 고뇌하는 이야기들이 마치 창밖으로 조용히 내리는 시린 눈발처럼 가슴을 젖어들게 한다고나 할까.

그것은 그녀가 한 세월 살아온 삶이라는 터널 속에서 이리저리 부대끼며 살아온 생활의 현장과 그 삶의 한가운데서 엮어진 웃지 못할 이야기들이 배경으로 하고 있기 때문에 또한 읽을수록 그 맛을 더하게 된다.

영국의 작가이며 역사학자 킹즐리(kingley, charies)는 19세기 영국 최대의 풍경화가 터너(Turner, Jeseph Mallord William)의 화랑에서 그림을 감상하다가 '해상의 폭풍우'란 그림에 완전히 홀려 버렸다.

킹즐리가 터너에게 물었다.

"어떻게 이런 명작을 그리셨습니까?

터너가 대답했다.

"어느 날 어부 한 사람에게 폭풍우가 일거든 배를 태워 달라고 부탁을 했습니다. 거센 폭풍우가 휘몰아치던 날, 배에 오른 저는 마스트에 나를 결박해 달라고 어부에게 부탁했습니다. 굉장한 폭풍우였습니다. 배에서 도로 내리고 싶을 정도였으니까요. 그러나 난 결박을 당해 있었기 때문에 그럴 수도 없었습니다. 결국 나는 폭풍우와 마주서서 그것을 피부로 느꼈을 뿐만 아니라 폭풍우가 제 몸을 감싸 안았고, 제 자신이 그 폭풍우의 일부가 되었던 것입니다."

그는 평생 고독한 독신 생활을 하며 이탈리아, 프랑스 등지를 여행하면서 많은 풍경화를 남겼다. 그만큼 터너는 그 자신의 작품 속으로 온통 미친 듯이 뛰어들었기 때문에 그처럼 감동적인 불후의 명작을 남길 수 있었던 것이다.

스스로를 그 폭풍의 위협 속에 결박시킨 예술 혼, 그리고 보면 감동적인 예술은 피상적인 것이 아니라 공감대를 불러일으키게 하는 생생하게 삶의 체험에서 얻은 것이 바로 진솔하게 아름다운 극치의 예술로 빛을 내는 것이라고 했을 때, 어쩌면 한승연 작가의 고통으로 점철된 질곡한 운명적인 삶은 오히려 신이 그녀에게 특별하게 준 사랑의 선물이었던 것이라고 바꾸어 생각할 수도 있겠다. 고통이야말로 척박한 인간 영혼을 성숙시켜 나가는 것이기 때문이다.

사람이란 대체로 묘한 존재이어서 누구나 삶이 고통이라고 서슴없이 말한다. 어떠한 경우에도 인생의 완전한 만족이란 없기 때문이다. 그래서 누군가는 세상을 불붙는 집이라고 말했다.

그 세상이란 것이 사람끼리 서로 부대끼며 모여 사는 사람들의 삶의 터전이다. 그 속에는 뱀처럼 간교한 혀를 끝간 데 없이 놀리며 먹이를 노리며 살아가는 사람들이 있는가 하면, 구더기처럼 달라붙어 남을 괴롭히며 오직 살기 위하여 또 살아남기 위하여 그들이 꾸밀 수 있는 모든 것을 꾸며낸다. 그 악취 품어내는 몸짓은 바로 짐승이며 미물과 조금도 다를 바가 없다.

하지만 뜻을 가진 사람으로서의 인격이란, 아니 그 품격을 높이려면 그렇게 살아가는 그들과는 확연히 다른 몸짓, 생각의 질을 보다 높임으로써 얻을 수 있는 것이 아닐까? 그렇지 않으면 마치 티끌 속에서 옷을 털고 진흙 속에서 발을 씻는 것과 같아 눈살 찌푸리게 하는 동물적 본성을 초탈할 수가 없기 때문이다.

그러기 위해서는 눈과 귀를 한껏 열어둘 필요가 있다. 그야말로 사람 덜 된 인간 종자들 속에서 그처럼 처절한 고통을 맛보았던 소크라테스는 그토록 삶에 지친 나머지 죽을 무렵에 이르러 다음과 같은 말을 남겼다.

"산다는 것은―오랜 병을 앓는 것과 같은 것이다. 나는 의신(醫臣) 아스크레피오스 님에게 닭 한 마리를 빌리는 폭이다."

그는 세상에서 만난 처절한 고통을 통해 마침내 동물적인 인간 본성을 초탈할 수 있었던 철인(哲人)이었다. 그야말로 가장 가슴 나누어 살아야 하는 아내로부터 받아야 했던 냉대, 그 매몰찬 아내가 있었기에 오늘날 철인이라고 불리어지는 소크라테스가 후세에 회자되는 것이고 보면, 악처인 그의 아내는 하늘이 축복해 준 선물이었다고 바꾸어 생각할 수 있지 않을까?

프랑스의 시인이며 사상가인 P. 발레리는 다음과 같이 말했다.

"신이 인간을 만드셨다. 그런데 고독함이 부족하다고 생각되어, 더욱 고독을 느끼게 하기 위해 반려를 만들어 주셨다."

나 역시도 오늘 하루만은 그 말에 전적으로 동감한다. 인간의 고독을 가중시키는 것은 분명 반려자와의 불협화음(不協和音)에서 가중되기 때문이다.

그리고 보면 세계적으로 지금까지 그 이름을 남긴 철인, 사상가할 것 없이 뛰어난 예술인들의 한결 같은 공통점이 있다면 바로 그러한 가중된 고독에서 몸살을 앓았고, 마침내 그 진한 고독을 예술로 승화시켰다는 점이고 보면 오늘의 작가 한승연의 모습을 만들어내게 한 것 역시 추구하는 사고(思考)가 그처럼 다른 동반자와의 불협화음과 그 진한 고독이 안겨준 보상 같은 것이라 생각된다. 그녀의 작품 속에 그토록 토해놓는 살찐 슬픔의 이야기들이야말로 읽는 독자들로 하여금 위로가 되게 할 것이 틀림이 없다. 또한 많은 지식과 반짝이는 삶의 지혜를 전달해 주고 있는 것이라고 하겠다.

내가 작가 한승연을 알게 된 것은 벌써 십수 년 전의 일이다. 어쩌다 가끔씩 모임에서 만나게 된 그녀를 건네다 보면서 받는 느낌은 한껏 멋스런 용모와는 다르게 단아한 웃음이 너무도 무색(無色) 무취(無臭)여서 어느 날 농담 삼아 '예쁘게는 잘 생겼는데 향기가 없어, 조강지처감이야' 했던 것인데, 그 흘린 말이 이후 어쩌다 만나게 되면 '조강지처' 잊지 않으셨죠? 하고 그녀 특유의 해맑은 웃음을 보내오곤 했다.

그런데 오늘 이처럼 그녀의 작품 속에서 조강지처들의 고독과 견딜 수 없는 고통이 무엇인가를 크게 던져 줌으로써 한 가정이란 텃밭을 운영해 나가는 막중한 책임의 남편이며, 아버지들에게 스스로를 한 번쯤 되돌아보게 하는 지혜를 확실하게 귀띔해 주고 있다.

우리의 오랜 속담에 '꿀도 약이라면 쓰다' 는 말이 있다. 자기에게 이로운 충고는 그만큼 싫어 한다는 말이다. 그래서 더러는 분개하기도 한다. 하지만 우리는 삶의 체험을 통해 건네주는 지혜나 교훈을 넉넉히 받아들일 줄 아는 열린 가슴, 열린 귀를 가져야 할 필요가 무엇보다도 있어야겠다는 생각이다.

인간은 누구나 불완전하므로 감정을 쫓는 순간의 생각이 그처럼 운명의 회로를 바꾸어 놓는다는 시행착오의 경험을 통해 세상을 폭넓게 배우게 되는 것이라고 하겠다.

우리의 이웃나라 일본은 2차 대전을 치루고 말할 것도 없이 황폐했다. 그러나 그 국민성은 나라를 빠르게 세계 속의 경제 강대국으로 부강시켰다. 그것을 외신 기자가 지나가는 사람을 붙잡고 질문을 던졌을 때 서슴없이 '암파문고' 를 많이 읽은 덕분이라고 했다. '암파문고' 란 전문 지식 서적이 아니라 인간 정서를 맑게 해 주는 문학 서적이다.

문학이란 바로 이렇게 국민 정서에 크게 영향을 주는 것으로 일본을 여행하다 보면 주부들까지도 전철 안에서 책을 손에 펼쳐 들고 있는 모습을 자주 보게 되면서 오늘 우리 국민의식 수준이 뒤떨어진 이유를 새삼 느끼게 된다.

그들은 국가가 국민에게 무엇을 해 주기를 바라기에 앞서 각자 국민 개인으로서 해야 할 책임과 의무에 충실하기 때문에 국가는 부강해지고 국민은 빈부의 격차가 크게 없는 나라로 국가나 국민이 그 자긍심을 세계 속에 보이고 있는 것이다.

이렇게 흔들림 없는 국가나 국민이 되기 위해서는 우리 또한 이제까지의 안이한 생활 의식을 달리하고 독서량을 좀 더 높여야 하지 않을까 생각된다. 좋은 글은 곧 자기 자신을 바로 세우고 불행으로부터 막는 것이며, 또한 자기 자신을 그만큼 닦는 지름길이 될 것이기 때문이다.

인간은 생각하는 동물이다. 그 생각이 무엇을 추구하느냐에 따라서 그 사람의 삶의 질과 운명이 달라질 수밖에 없다. 오늘 서양 철학의 대부로 알려져 있는 니체는 언제나 자기 생각에 도취해서 글을 썼는데 그렇게 해서 쓰는 작품이 빨리 끝나기도 했던 모양이다.

그의 작품 《짜라투스트라는 이렇게 말하였다》는 3부로 되어 있는데 그는 이 작품을 겨우 열흘에 끝냈던 것이다. 그 이야기가 그의 저서 《이 사람을 보라》에 수록되어 있다.

그가 병에 걸렸을 때 친구 한 사람이 찾아와서 당분간은 무엇이든 생각해서는 안 된다고 주의시켰다. 그러자 니체는 의아하다는 표정으로 되물었다.

"왜 내가 그러지 않으면 안 되는가? 그런 일이라면 자네한테는 가능하겠지. 자네는 생각을 가지고 있으니까, 그러나 나에게는 생각 그 자체가 곧 나인걸."

그렇듯 글을 쓰는 일에 몰두하는 작가는 그 생각하는 일, 그 자체가 존재의 의미가 된다. 존재 의미의 확인, 이렇게 볼 때 그동안 그토록 세월이 안겨 준 가슴앓이 속에서 사랑과 용서가 무엇인가를 생각하며 끝없이 배우고 익혀온 작가 한승연인 듯하다. 작품을 탈고했다는 소식과 함께 뒤돌아서면 또 새로운 작품을 창출해 내는 그녀의 작품에 대한 열정이 그것을 잘 대변해 준다고나 할까?

그녀는 어느 날 뜻밖에도 탈속한 스님처럼 삭발을 하고 그 모습을 불쑥 나타내 주위를 어리둥절하게 만들었다. 그리고 하는 말인즉 아직도 남아있는 업장 소멸을 위해 칩거하며 도를 닦고 있는 중이라고 말해 모두의 웃음을 자아내게 했다. 그만큼 그녀만의 세계 속에 몰입해 있다는 말이기도 하다.

그러한 그녀의 모습에서 평범한 여자는 도저히 생각해 낼 수 없는 그 어떤 강인한 의지의 일면을 훔쳐 볼 수 있게 했다. 여자가 가장 소중하게 아끼며 다독이는 것이 있다면 자신의 머리카락이다. 그런데 그처럼 미련 없이 싹둑 잘라낼 수 있다는 것은 그만큼 세상의 모든 인연을 미련 없이 잘라낼 수 있다는, 아니 그것을 스스로 다짐하기 위한 몸짓 같은 것이 아니었을까? 하는 생각을 안겨 주었다.

그처럼 세상의 모든 집착을 텅 비워 내려는 그녀의 몸짓이야말로 모든 희로애락(喜怒哀樂)을 송두리째 비워내려는 듯한 의지의 다짐 같은 것으로 작품 못지않게 감동을 주는 작가 한승연, 이제 그녀의 삶의 터전에는 그녀 몫의 넉넉한 여유와 그러므로 소박한 웃음의 윤기가 흐를 것이라는 것을 믿어 의심치 않는다. 마음을 살펴 항상 원만하게 한다면 피다 만 꽃나무도 다시 꽃을 피울 수 있다는 말이 그녀의 더 없이 맑은 글 속에서 끝없이 맴돌고 있으면서 많은 생각을 안겨 주기 때문이다. 더욱 정진(精進)하여 보다 빛나는 작품을 창출해 낼 것을 기대해 본다.

2001년 5월 17일

A5신판/ 293쪽/ 마당문화 간

살아있는 모든 것을 사랑하는 사람

임 헌 영
(중앙대 교수, 문학평론가)

한승연 작가,
그녀는 젊은 사람들에게는
누님처럼, 동시대를 살아온
사람들에게는 친근한 친구처럼,
또 더 나아가 든 사람에게는
제법 인생을 알고,
말상대가 되는 사람으로
언제나 미소 지으며
다가오고 있다.

    작가를 일컬어 속된 말로 글쟁이라고 부른다. 그러나 그림을 그리는 사람을 화가라는 점잖은 표현보다 환쟁이라고 스스로를 낮춰 부르는 사람도 있지만 이건 아주 드문 예에 불과하다. 쟁이란 어떤 일을 하는 사람과 그 부분에 있어서 탁월한 솜씨를 가진 사람을 일컫는다. 그래서 쟁이란 그 방면의 전문가이어야 하며 나름대로 보는 눈이 전문적이어야 한다.

    구들장을 고치거나 담벼락을 뜯어 시

멘트를 비벼 바르는 사람을 미쟁이, 냄비 구멍을 때우는 사람을 땜쟁이 등등 우리 사회는 이런 전문가(?) 그룹에 의해 유지되고 있다고 해도 과언이 아니다. 그런데 글쟁이는? 대서소나 사법서사의 여느 서기처럼 남의 이권을 부추겨 써주고 구전이나 받는 사람보다는 다른 점은? 그것은 글이란 부호로써 자신의 감정과 지식, 그리고 담아두고 있는 철학을 표현해서 남들에게 전해 그들의 빈천한 생각을 고급스럽게 만들어 주고, 때로는 사람다운 삶을 갖게 해 주는 역할을 하는 것이 작가가 아닐까?

한승연 작가가 여느 여자 작가와 조금 다르다는 것은 인생길을 한 바퀴 돌아본 사람만이 갖는 철학과 세상을 보는 안목이 고급스럽다는 점에 있다. 그 주제부터가 그렇다. 여류작가들이 상투적으로 쓰는 비정상적인 남녀관계, 서구의 상스런 나라에나 있을 법한 이야기를 뭐 대단한 것이라고 끄집어내어 살과 뼈를 붙이고, 시시콜콜 철없는 젊은 아이들의 말초신경이나 자극해서 출판사의 판매수익과 함께 인세를 챙기는 그런 작가가 아니란 점에 있다.

책에 들어가는 글이란 전문지식을 독자들에게 주입시키는 것과 그렇지 않은 글이 있다. 그렇지 않은 글들, 그것은 성(聖)스럽지는 않지만 사람의 천박한 영혼을 희석시켜 이 사바세계에서는 사람다운 생각을 갖게 하고, 더 나아가서는 그 해맑은 영혼을 갖고 그들이 생전에 추구했던, 예수 믿는 사람은 예수에게, 부처님 믿는 사람에게는 부처님에게 가서 이렇게 살아왔다고 당당하게 이야기할 수 있는 사람을 만들어 주는 데 있다.

그렇게 하기 위해서는 작가의 올바른 삶의 태도와 자비심과, 깨달음이 있어야 가능하다. 한승연 선생은 그 삶의 궤적을 통해 이런 여러 요소가 골고루 배어있어서 글을 씀에 있어서 이런 것들을 능히 전달케 해 주어 많은 독자들과 일찍부터 공감대를 형성해 왔다.

　분단이란 극한 상황에서 삶의 지표를 가르쳐준《새들은 숲을 떠났다》그리고《심상의 불길》등은 이런 독자들의 욕구를 충족해 주었다. 작가의 지난날, 흔히 파란만장하다고 표현되는 인생의 희로애락 가운데 누구보다도 노애(怒哀)를 많이 가져본 작가답게 그녀는 어리석은 삶을 꿰찌르는 메시지가 글 가운데 알알이 배어 있다. 그래서 사람들은 그녀의 작품을 좋아하고, 결코 쩨쩨하거나 남의 것을 취한다기보다 가진 것을 나눠주려는 넉넉한 마음을 흠모한다.

　1942년 1월 전남 구례의 부유한 가정에서 태어난 한승연 작가는 어려서부터 빼어난 용모와 함께 총명한 두뇌를 타고나 주위사람들을 즐겁게 해 주었다. 그러나 예로부터 미인(美人)은 팔자(八字)가 거꾸로 박혔다 하던가? 평탄치만은 않은 인생살이를 하면서도 곧은 심성을 버릴 수가 없었던지, 주위사람을 편안하게 해 주었는데도 불구하고 자신은 여러 어려움을 겪어, 그 어려움 속에서 인생의 이치를 깨달았다면 결코 잘못된 말이 아닐 것이다.

　색즉시공(色卽是空), 공즉시색(空卽是色), 제행무상(諸行無常), 제법무아(諸法無我)의 진리를 터득해서인지 그녀의 작품은 모두에게 삶의 산 교훈과 함께 젊은이들에게는 깨우침을 주는 글을 계속 쓰고 있다. 그것은 금번에 출판예정으로 있는《우주씨 배꼽》이라는 원고지 5천장 분량의 장편에서 여실히 나타나 있다.

　여류작가로서는 보통 힘든 작업이 아닌, 깨달음을 주는 글을 통해 육십이 내일 모레인 나이를 마무리하려는 몸짓을 보이고 있다.《우주씨 배꼽》은 인간의 근원, 즉 사람이란 어디에서 와 어디로 가는가. 이 세상에 존재한 위대한 성인들을 통해 작가 나름대로의 철학을 종합해서 만든 대하소설이다. 그녀는 이 소설을 몇 년에 걸쳐 쓰면서 모처럼만에 정신의 휴가를 얻었다고 생각한다.

한승연 작가, 그녀는 젊은 사람들에게는 누님처럼, 동시대를 살아온 사람들에게는 친근한 친구처럼, 또 더 나아가 든 사람에게는 제법 인생을 알고, 말상대가 되는 사람으로 언제나 미소 지으며 다가오고 있다.

삶이 외로울 때 누구나 한 번쯤 말 건네 보고 싶은 작가 한승연, 그녀가 오래 살아 우리 주위에 서성거릴 때 우리는 든든한 한 사람의 삶의 정신적 후원자를 결코 잃지 않으리라 본다.

성서로 본
창조의 비밀과 외계문명

A5신판/ 314쪽/ 대원출판 간

성서로 본 창조의
비밀과 외계문명

편집부

'창조의 비밀' 과
'외계문명' 이 상존함을 일깨운
한승연 작가의
사상서《성서로 본 창조의
비밀과 외계문명》은
그 목적과 뜻을 같이하고
있는 듯하다.

　과거 구약시대는 손으로 지은 성전에
서만이 그 이스라엘 백성들을 다스려 온
여호와 하나님과의 교제가 이루어지던
시대였다. 그러므로 제물을 갖다 바침으
로써 생활 속에 있었던 크고 작은 육신
의 허물이나 죄를 용서받고 또 세속적인
물질의 풍요로써 축복을 받는다고 가르
쳐 왔으며, 그렇게 믿음으로 하여 들어
가거나 나가도 복을 받게 된다고 가르쳐
온 것이다.

　그것이 바로 육신이 살아 있는 동안만
약속된 풍요로운 물질적 축복을 기대하
게 하는 기복신앙으로서 고등종교의 출

현 이전에 존재했던 초급적인 제사의식이다. 그 기록을 담아두고 있는 것이 바로 유대민족의 뿌리 역사에서 잘 보여주고 있는 그 단편적인 여호와의 행적을 담은 구약인 것이다. 그러나 그와 같은 구약시대에 초급적인 육신의 안위를 기원하는 기복신앙에서 '이제는 너희가 깨어나라'는 것이 고등종교를 지향하는 성자 예수께서 외치신 하늘나라의 복된 소식을 전하는 신약복음으로 그 시대혁명의 불씨가 되었던 것이다. 그 불씨가 바로 인간 영혼의 실체를 깨닫게 한다는 변함없는 진리의 말씀으로서 하나님은 무엇이 부족한 것처럼 물질 제사를 바라지 않는다고 하였다.

그와 함께 오직 나라와 의(義)를 구하는 마음이 바로 하느님께 드리는 산 제물의 제사라고 설파하다가 그 시대 이단의 괴수로 내몰려 십자가를 짊어져야 했던 성자 예수! 바로 그 성자 예수의 거룩한 성체의 피 흘리심이 초급적인 구약시대의 물질적인 제사의식을 마감하기 위해 만세전부터 예정되어 있었다.

더불어 우주 천기운행의 섭리에 의해서 시대와 나라를 달리하고 출현했던 세계 칠대 성현들이 주인 하나님의 아들로서 자연 섭리부터 가르쳐 배우게 했으며, 그 시절이 지난 다음에 본자연으로 존재하는 주인 하나님의 천도운행의 섭리가 무엇인가를 깨닫게 하기 위해 종교 스승들이 출현하여 설파하신 말씀이 오직 변하지 않는다는 그 진리의 말씀으로 '창조의 비밀'과 '외계문명'이 상존함을 일깨운 한승연 작가의 사상서 《성서로 본 창조의 비밀과 외계문명》은 그 목적과 뜻을 같이하고 있는 듯하다.

A5신판/ 360쪽/ 한누리미디어 간

성서의 비밀은 동양의 우주관인
상대론적인 음양(陰陽)을
바탕으로 하지 않고는
풀어낼 수 없음을 말하고 있는데,
작가 한승연은
이야말로 동서양의 합의라고
구체적인 실례를 들어
설명하고 있다.

마침내 밝혀지는 종교와 우주의 역학관계

유 종 해
(명지대 석좌교수 · 전 연세대 행정대학원 원장)

우리는 불과 얼마 전 새 천년을 맞이
하였다고 모두가 흥분되어 그야말로 기
막히게 아름다운 세상이 찾아올 줄 알고
들떠 있었다. 동시에 정부는 정부대로
많은 행사를 각 분야별로 가졌던 것으로
안다. 우리가 살고 있는 세상을 한 마디
로 표현한다면 정보 통신의 혁명으로 모
두가 바쁜 생활을 해 오고 있는 것이 사
실이다.

즉 컴퓨터 혁명, 통신 혁명(Communi-
cation), 그리고 제어장치(Control)의 혁
명 속에서 우리는 삶을 살고 있는 것이

다.

또한 어떤 이는 우리가 3N 시대에 살고 있다고도 하는데, 첫째 N은 Now로서 즉시성 또는 즉각적으로 일어나는 것을 말하고, 둘째 N은 New로서 언제나 새것을 추구하고 개혁위주의 생활 태도, 요즈음 유행하는 '바꿔 바꿔' 라는 말이 이를 대변하고 있는 것이다. 셋째 N은 네트워크(Network)로서 우리의 사고와 행동이 네트워크 체제로 이루어짐을 말하는 것으로 인터넷(Internet)도 그 방식의 하나로서 정보 혁명을 말해 주는 것이다.

이와 같이 정신없이 빨리 변하는 정보 혁명 속에서 우리는 자기중심 없이 진정한 자아(自我)에 대한 반성 또는 우주 속에서 나의 존재, 정보 혁명 속에서의 나의 존재, 그리고 생명과 죽음에 대한 그 물음 한 번조차도 생각하지 못한 채, 정신없이 살아가는 것이 현대인 듯하다. 이런 맥락에서 볼 때, 麗海 한승연 작가의 금번 《성서로 본 칠성님의 비밀》이란 대작은 참으로 현대시를 살고 있는 우리들에게 큰 등불 같은 역할을 해 줄 것이 확실히 믿어진다.

작가 한승연은 그동안 오래도록 인생에 대한 고뇌와 번민을 통해서 '나는 누구인가?' 의 질문을 해결하는 실마리를 찾다가 얻어낸 결론은, 바로 우리에게 빛을 던져 준 세계 7대 성현 즉 예수, 석가, 공자, 노자, 장자, 마호메트, 소크라테스 등의 가르침에서 '나는 누구인가?' 라는 그 물음에 대한 중대한 해답을 구해낸 것 같다.

그리하여 작가 한승연은 이들 일곱 성현들의 일생에 대한 설명을 각각 설명하고 있으며, 여기에 작가의 기독교적인 설명을 통해 비기독교인이 이해할 수 있게 확고한 논리적인 기초를 제공함으로써 설득력을 주고 있다.

예를 들면, 기독교의 성삼위(聖三位)는 불교의 삼존불(三存佛), 도교의 삼태극(三太極) 개념과 같이하고 있으면서, 우리 무속에서 삼신(三神)사상이 다 같은 본원의 신위(神位)인 것이라고 설명하고 있다. 또한 성서의 비밀은 동양의 우주관인 상대론적인 음양(陰陽)을 바탕으로 하지 않고는 풀어낼 수 없음을 말하고 있는데, 이야말로 동서양의 합의라고 구체적인 실례를 들어 설명하고 있다.

이 작품에서 작가는 생명의 본질 문제를 상당히 깊게 논의하고 있고, 특히 성서 창조론에 있어서는 흥미있는 지적 공헌을 제공하고 있다. 이러한 논의는 신학자가 아닌 여성 작가의 눈과 머리로 생명의 본질 문제를 기막히게 파헤친 점이 이 작품의 큰 공헌이라고 생각된다.

또한 이 작품은 인생의 자아, 죽음, 종교 철학 등 많은 문제를 다루면서, 편협한 종교인들의 인식의 오류에 대해서 길게 논의하고 있다. 예를 들어 신의 존재, 노아의 홍수, 선악과 원죄의 문제, 마귀의 실체, 또 구약의 여호와 하나님과 신약 예수 그리스도의 관계 등 많은 문제를 획기적인 시각으로 조명하면서 우리 인간에게 종교의 중요성을 갈파한 점 등은 식견 높은 작가 한승연으로서 높이 평가 받아야 할 강점이라고 본다.

또한 이 작품에서 작가는 인간은 우주 지성에 의해서 창조된 피조물로 생사윤회를 거듭함으로, 오늘처럼 문명화 된 지적 인간으로 진화할 수 있었던 것이라고 성서를 바탕에 깔고 피력하고 있다. 참으로 수긍이 가는 시원한 답이 아닌가 생각된다.

그 외에도 이 작품에서 놀라운 것은 지구촌 5색 인종의 창조신이 각기 달리 존재함을, 성서를 접목시켜 가며 그 이해를 돕고 있는 작가의 지성적 통찰에 놀라움을 금할 수가 없다. 특히 태초 만물을 창조한 빛의

특성, 그리고 빛과 사랑과의 관계 규명 등, 너무나 값진 논의가 많아 보기 드문 대작이라고 말할 수 있는 이 작품은 일반 지성인의 교양도서, 철학의 참고서로서, 또는 종교인이면 누구나 한 번쯤은 읽어야 할 필독서로서, 모든 지성인에게 권하고 싶은 책이다.

그 이유는 번개같이 빨리 변화하는 현사회 속에서 그래도 '나는 누구인가?' '생명은 어디서 와서 어디로 가는가?' 등의 값진 물음을 하면서 거기에 의미 있는 답을 주어 인생을 살아가는 데 참다운 길잡이가 될 것이 확실하기 때문이다.

그리고 이 작품에서 작가는 인간은 죽음을 맞이하는 그 순간까지 겪는 모든 일체의 경험을 통해 깨달음을 얻고, 그러므로 인간의 실체인 영혼이 성숙되고, 또 그렇게 진화되어 나온 현생 인류이기 때문에 삶의 고통은 하늘이 인간을 성숙시키기 위한 축복으로, 오히려 감사하게 받아들이라고 한 것이 한결 같은 성현들의 말씀이었다고 말하고 있다. 참으로 다시 한 번 깊이 생각해 보게 하는 작품이다.

이처럼 큰 대작을 각고의 고행을 통해 완성해냈을 麗海 선생의 훌륭한 노고에 진심으로 경의를 표한다.

2002년 4월

역삼동 서재에서

유종해
연세대 명예교수(행정학)
태평관 기영회 종신회원
한국행정학회 회장(1984~1985년)
서울대 법대 졸업(1954년
미국 미시간대학교 정치학박사(1968년)
연세대 행정대학원장(1994년~1996년)
한미협회 부회장(2016년~)
이북5도청 함경남도 행정자문위원장(2004년~2010년)

A5신판/ 360쪽/ 한누리미디어 간

발문

영적인 세계를 섭렵하는
한승연의 문학

김　경
국제펜클럽 한국본부 원로시인
한국 기독교장로회 제1호 안수 목사

작가 한승연은 동양 즉, 한국에 유입된 불교나 도교 및 유교가 우리 민족 속에 동화되어 공존한 것과 같이 기독교도 우리 속에서 공존하기 위해서는 조상의 뿌리를 왜곡하는 서양 신학의 성서 풀이가 재조명되어져야 한다고 주장하면서, 성경에서 말하고 있는 유대족만의 세계가 아닌, 또 다른 민족과 문화권이 그 창조신을 달리 하여 존재하고 있었음을 성경을 통하여 이해시키고자 한 것이 작가의 구체적인 의도요 새로운 지론이다.

여류 작가 한승연의 금번 작품《성서로 본 칠성님의 비밀》을 읽고 한 마디로 놀라움을 금할 수가 없었다. 우선 내용의 주제가 도무지 여류 작가로서는 다루기 힘든 무겁고 방대한 대우주적인 소재를 다루고 있을 뿐만 아니라, 신학박사들도 감히 그 엄두를 내지 못하고 있는 성서 요한 계시록 속에 하느님께서 인봉하라는 '일곱 금촛대의 비밀'에 대해서 그렇듯 과감하게 파헤쳐 들어가면서, 이제까지 세계 7대 성현으로만 알고 있었던 성현들의 존재를 성서 창세기 1장에서 우주와 만물을 창조해 낸 성부 하느님의 일가(一家)로 구성시키고 있을 뿐만 아니라, 인류의 뿌리와 창조주라고 하는 하느님 그 실상에 접근해 들어가는 설득력 있는 논리 전개에 정신이 번쩍하고 크게 눈이 떠진 것이 사실이다.

기독교 신학교수 생활을 13년을 해 오고, 평생을 목회생활을 해 온 본인 역시도 작가가 제시하고 있는 성서적인 문제점을, 마침내는 《신과 철학자 그리고 시인》이라는 시집을 통해 그러한 회의적인 신앙 고백을 한 것이 사실이었고, 그에 앞서 기독교 신학 성서 풀이 모순에 대해서 로마 교황청 바오로 2세 앞으로 몇 번에 걸쳐 이의를 제기해 온 적도 있었다.

그러나 어찌된 일인지 묵묵부답이기만 해 온 교황청이었고, 어쩔 수 없이 그 답답함을 여러 지면을 통해 호소하다가 충북에서 목사 현직중 기독혁명 50개 조를 발표한 죄목으로 성직을 박탈당하고, 1981년에 다시 복권되기도 했었다.

그러한 기독교리가 바로 한승연 작가가 이 작품에서 지적하고 있는, 서양 것이라면 무조건 여과 없이 그대로 받아들여 믿으려 하는 그 맹신이 아니고 무엇이겠는가.

이러한 현실 속에서 한 여류 작가로서 감히 그러한 기독교리의 문제점을 지적하고 나설 뿐 아니라, 성서가 기록하고 있는 창세기의 진실에 대해서 동양적인 우주 사상으로 접근하여 그토록 설득력을 주고 있다는 사실에 놀라움과 동시에 찬사를 보내지 않을 수 없다.

이것은 이제까지 신학박사 그 누구도 파헤쳐 들어가지 못했던 작업으로, 그야말로 엄두조차 낼 수 없는 어려운 일이라고 아니 할 수 없다. 그런데 한 여류 작가로서 그 작업에 도전했다는 것은, 사물을 보통으로 보아 넘기지 않는 작가적인 예민한 관찰력이라기보다는, 그 어떤 영적 지식의 정보를 소유하고 온 이 시대의 사명자가 아닌가? 하는 생각까지도 해 보게 된다.

더욱 놀라운 것은 이제까지 기독교 신학에서, 여호와 하나님을 대우주적인 성부 하느님으로 그리스도 예수께서 말씀하신 성부 하느님이라고 믿어온 것이 사실이다. 그런데 작가는 놀랍게도 여호와는 다만 이스라엘의 민족 창조신일 뿐으로, 인류가 믿어야 하는 성부 하느님이 아니란 것을 성구를 제시해 가며 그 설득력을 주고 있다는 사실이다.

뿐만 아니라 작가 한승연은 서양권과 동양권의 문화와 그 민족의 뿌리를 찾아 밝히면서, 마침내 우리 한민족의 뿌리와 사상까지도 성경을 통해 밝혀 들어가는 작가의 의도에 놀라움과 함께 통쾌한 찬사를 보내지 않을 수 없다.

아무튼 그녀가 설득력 있게 주장하듯이, 이제까지 세계 신학박사들이 해석해 온 성서 풀이는 많은 의문점을 안고 있는 것이 사실이고, 그것이 기독교 숙제로 그러한 의문의 성구 자체를 그대로 덮어두고 있는 것도 사실이다. 특히 창세기 1장이나, 요한 계시록은 그 누구도 언급조차 할 수 없게 한 성구로, 인간의 지식으로서는 감히 헤아릴 수 없는 것이라고 그 책임을 신에게 전가해 온 것이 기독교 신학의 문제점이다.

그런데 감히 그 성구를 올려놓고, 이 작품을 개진해 나가는 작가의 영적인 혜안이라고나 할까? 그 신기 휘두르는 필치에 작품을 읽어 나가면서 참으로 파안대소를 하지 않을 수가 없었다.

아무튼 서구 신학자들의 성서 풀이 모순에 '사랑' 이라는 기독교 정신의 빛이 제대로 전해지지 않은 것이 사실이고, 거기에 역시 회의를 품어 온 본인으로서는 이 작품을 읽고 공감대를 같이 함과 동시에, 성서가 재조명되어져야 한다는 작가의 목소리에 크게 동조하는 바이다.

그래서 이 시대, 특히 한국 기독교 신학의 목회자들이 서구 신학 그 문제점의 모순을 밝히는 데 함께 동참하여 거짓 없는 참된 목자로서 양심선언을 해야 할 때라고 생각한다. 작가는 기독교 성서에 반박을 가하는 것이 아니라, 모순된 성서 풀이를 고집해 온 서구 신학자들에게 그 책임을 묻고 있기 때문이다.

특히 이 작품은 세계 7대 성현을 성경 요한 계시록 속에 인봉하라는 '하나님의 일곱 영', 거기에 초점을 맞추면서, 그들이 근본의 뿌리를 같이하고 있었던 진리체 성자들이었다고 그 논리적인 주장을 피력하고 있는데, 그 논리적인 설득력에 이제야 진리의 실상을 바로 보는 듯하여 고개를 끄덕일 수밖에 없게 만들고 있다는 점이다.

작가는 또한 이 작품에서 동양대 서양, 즉 정신문화와 물질문화를 필연적인 태초 '우주' 씨 그 음양적인 대비 관계로 놓고 보면서, 서구 신학자들이 정립하지 못한 성부와 성자와 성신의 성삼위(聖三位) 일체론을 우리 동양사상의 삼태극(三太極)원리로 비유하고, 또 우리 민족 고유의 삼신사상(三神思想)과 비교 일원화시키면서, 이를 인류문화의 새 지평으로 열어 가고자 한 것이 이 작품의 의도인 듯하다.

이 얼마나 놀라운 지혜인가!

하나의 지구촌 안에 살면서 우리는 오랜 역사 속에서 동서로 갈라놓고 많은 종교적인 갈등과 반목을 거듭해 온 것이 사실이다. 그것은 서로가 서로를 잘 이해하지 못하고 같은 서양권, 같은 동양권에 이웃하여 살면서도 분쟁을 일으켜 서로 물고 물리는 인류 역사를 만들어 내면서 살아 왔었다. 이러한 살상 대결의 시대가 끝내는 세계대전까지를 몰고 가면서 인류의 비극적인 역사를 만들어 오지 않았는가!

이 모든 불행은 성경 구약 역사 속에서 이스라엘 민족과 그 주변 민족 간에 일으킨 전쟁 기록으로도 입증되지만 동양에서도 한족끼리, 또는 우리나라 경우에도 같은 배달민족끼리 먹고 먹히는 피비린내 나는 역사를 되풀이해 온 것이 사실이다.

이제 21세기를 살아가면서 인류는 크게 눈을 뜨고, 우리가 하나의 지구촌 위에서 함께 살고 있는 형제자매인 것을 깨우쳐야만이 이 지구상에서 살아남을 수 있게 됨을 깨달아야 할 때라고 생각한다. 여기에서 작가 한승연은 동양 즉, 한국에 유입된 불교나 도교 및 유교가 우리 민족 속에 동화되어 공존한 것과 같이 기독교도 우리 속에서 공존하기 위해서는 조상의 뿌리를 왜곡하는 서양 신학의 성서 풀이가 재조명되어져야 한다고 주장하면서, 성경에서 말하고 있는 유대족만의 세계가 아닌, 또 다른 민족과 문화권이 그 창조신을 달리 하여 존재하고 있었음을 성경을 통하여 이해시키고자 한 것이 작가의 구체적인 의도요 새로운 지론이다.

여기에 본인은 크게 박수를 보내는 바이다. 이것은 누군가가 벌써 했어야 할 일이지만, 영적인 세계를 피력하는 종교 세계만큼은 도저히 인간의 지식만으로 정립될 수가 없는 것이 사실이다. 그래서 조상의 뿌리를 놓고 종교적인 시비를 빚고 있는 것이 오늘 우리의 현실이다.

여기에서 작가는 에덴의 동쪽은 정신 문화권인 오늘의 동양권이고, 오늘의 물질문명을 발전시켜 나온 것은 서양권으로, 이 양자는 곧 태초 있음의 '대원인' 본자연의 음양법칙에 의한 것이라고 피력하면서, 결국 이 양대 사상이 하나로 화합할 때 비로소 세계 평화가 이루어지게 된다는 입장을 내세우고 있다. 이러한 작가의 주장은 21세기를 여는 하나의 지구촌 시대에 새로운 평화, 자유, 행복의 지평을 열어 갈 역사 신학적, 역사 인류학적 새로운 시도의 평화의 북소리라고 말하고 싶다.

　이처럼 어려운 작업을 참으로 설득력 있게 개진해 나온 작가 한승연의 노고에 본인의 이 몇 마디가 크게 도움이 되어 주었으면 하는 마음으로 간절할 뿐이다.

　　　　　　　　　2002년 봄에

　　　　　　　　　　　　　제천 서재에서

A5신판/ 320쪽/ 도서출판 마당문화 간

철학적 소설과
대중 소설과의 상이점

김 광 한

(소설가)

《운명의 카르마》는 상실의 시대를 살아가는 많은 사람들에게 진실로 우리가 알고 취해야 할 것이 무엇인가를 제시해 주고 있는 작품이라고 할 것이다. 이처럼 철학을 소유한 여류작가들이 흔치 않은 우리 문단에 한승연 선생은 오늘도 생명의 본질 문제를 깊숙하게 파헤쳐 들어가면서 진실로 절실한 우리 세대의 화두(話頭)를 크게 던져주고 있다.

작가 한승연 선생의 금번 출간작품 《운명의 카르마》는 일반의 대중소설과는 달리 내용의 깊이가 있어 퍽 의미 있는 작품이다.

특히 작가가 기독교 신자로서 불교를 이해하고 폭넓게 포용하면서 불교 용어인 '윤회'를 이해한다는 것도 그러려니와, 내용을 구성하고 있는 작품 속의 등장인물들이 작가의 근처에서 한 번쯤 접했거나, 어슬렁거리던 실재 인물들이라는데 흥미를 더해 준다.

한승연 선생은 그동안 여류작가가 흔히 범할 수 있는 '체험하지 못한 소재'에서 오는 상상적 오류를 거부한 채, 현실적 체험을 바탕으로, '사랑과 용서'라는 조미료를 섞어서 작품을 만들어 왔다. 그래서 작품 하나 하나에 싱그런 에너지가 깃들어 있고, 그래서 많은 독자들로부터 때로는 삶의 상대자로, 때로는 상담자로 각인돼 온 것이 사실이다.

이 작품 역시 마찬가지다. 우리의 삶 한가운데서 버려야 할 것과, 또 취해야 할 것이 무엇인가를 제시해 주고 있다.

한승연 작가의 작품 세계가 그렇듯이, 매번 작품을 전개해 나가면서 그 주인공이 비록 악인이고 못된 자라고 할지라도 작가의 종교적인 사상으로 그들의 어리석음을 품어주고 그 인간 어리석음의 결과를 작품을 통해 귀띔해 주고 있다. 그것이 평소의 한승연 선생의 정신세계임을 나타내 주는 것일 것이다.

작가가 이해하고 있는 인간생명의 본질 영혼의 윤회(輪廻)가 실질적으로 전개해 나가는 것이라면, 내가 아는 한승연 선생은 전생이 남을 위해 베풀기를 즐겨했던 보살이었거나, 아니면, 많은 사람에게 갚아야 할 빚이 많았던 것이 아니었겠는가 싶다.

그것은 활자매체의 글이란, 여러 종류가 있어 일시적으로 독자들의 눈을 즐겁게 하는 글이 있는가 하면, 인간 정신을 살찌워 영혼을 즐겁게 하는 글이 있기 때문이다.

영혼을 즐겁게 하는 글, 그 작업은 오늘 탐욕의 늪에서 허우적거리는 우리 인간 중생들에게 보다 진정한 기쁨이 무엇인가를 제시해 주고 있지만, 인간 본능적인 흥밋거리 작품이 크게 환영을 받고 있는 이 시대에 있어서 이러한 정신세계 작가의 작업은 당연히 고독할 수밖에 없다. 하지만 한승연 작가는 누가 뭐래도 그의 그러한 작품세계를 구축해 나가면서 넉넉한 여유의 웃음을 보여주고 있다.

　이 작품《운명의 카르마》는 상실의 시대를 살아가는 많은 사람들에게 진실로 우리가 알고 취해야 할 것이 무엇인가를 제시해 주고 있는 작품이라고 할 것이다. 이처럼 철학을 소유한 여류작가들이 흔치 않은 우리 문단에 한승연 선생은 오늘도 생명의 본질 문제를 깊숙하게 파헤쳐 들어가면서 진실로 절실한 우리 세대의 화두(話頭)를 크게 던져주고 있다.

　한승연 선생의 생이 다하는 날까지 이 시대에 보다 질적인 좋은 작품을 창출해 줄 것을 기대해 본다.

김광한
서울에서 태어나 중앙대 문리대 국문학과를 1969년 2월에 졸업했습니다. 평생 글을 썼고 정의롭고 마음이 착한 사람들이 잘 사는 사회가 됐으면 하는 것이 나의 소원입니다.

신판/ 404쪽/ 한누리미디어 간

성 국극이 순수예술하고는
리가 멀다는 것도
두가 잘 알고 있는 사실이다.
러면서 예술성보다
중성과 흥행성에 있어서는
수연극이 미처 따르지 못할
계가 있다는 점도
리는 이해해야 한다.

새벽의 눈밭길을
가던 님아

車 凡 錫
(극작가, 대한민국예술원 회장)

눈이 하얗게 쌓인 새벽길, 이미 누군
가가 지나간 발자국이 남아있는 길을 걷
는 경험을 생각해 본다. 맨 먼저 지나간
사람이 누구인지 알고 있건 말건 그 발
자국 위에다 내 발자국을 포개듯 걸어갔
던 추억이 되살아날 때가 있다. 그것은
하나의 믿음이자 모험심이다. 그렇게 따
라만 가면 어디고 목적지가 나타날 것이
라는 호기심이기도 하다.
나는 한때 우리나라 대중연극의 꽃이
었던 여성 국극을 생각할 때마다 두 사

람이 머리에 떠오른다. 임춘앵과 김진진이다. 바꾸어 말해서 임춘앵이 새벽 눈길에 맨 먼저 발자국을 남긴 사람이었다면 김진진은 그 발자국 위에 또 다른 자기 나름의 발자국을 포개면서 걸어나온 사람이라고 내 멋대로 풀이를 해 본다. 그러면서도 그 크기와 모양새와 정서는 서로 다른 개성을 지니고 있다고 생각한다면 나의 어리석은 독단일까, 여성 국극은 분명히 이 땅의 대중예술의 꽃이었다.

1950년대의 혼란과 궁핍과 불안이 안개처럼 자욱하게 뒤덮였던 시절 서민들에게 기쁨과 위안과 하나의 꿈을 심어주었던 흔적이 역력하다. 전쟁으로 인하여 사회 전체가 폐허나 다름없이 허물어졌던 시대였다. 일상생활 속에서도 위안이나 오락을 찾지 못했던 서민들에게 노래와 춤과 화려한 의상과 조명으로 장식된 여성 국극이 관중을 열광시켰던 시절을 기억하리라. 영화도 연극도 거의 고사상태에서 헉헉거리던 그 시절, 여성 국극과 악극만이 물을 만난 고기인 양 활기를 띠던 그때 그 시절을 기억하는 사람은 이제 그리 많지가 않다. 50대 후반이나 60대 이상의 노년층의 희미한 추억일 뿐이다.

그러나 그 가운데 김진진은 외로운 투쟁과 집념으로 임춘앵 없는 여성 국극계를 지켜나오기 50년을 보냈다. 그런데 김진진이 고희(古稀)를 맞게 되다니 새삼 인생의 허무함과 여성 국극의 잔영(殘影)이 마음을 시리게 한다. 그러면서 김진진 자신이 그 눈밭길에서 시작되어 50년 동안 걸어나온 인생길을 한 권의 책으로 엮어낸다니 감회가 무량하다는 통속적인 감성 이상의 그 무엇을 느끼게 한다.

그것은 비록 나 혼자만의 감상적인 취미는 아닐 것이다. 누가 뭐라고 하건 잘 했건 못 했건 외길 인생을 지켜 나온 그 하나만으로도 눈물겹기 때문이다. 20세기 문명의 꽃이 활짝 피어나는 시대의 뒤안길에서 다소는 이색적이고 비현실적인 여성 국극을 지켜 나오는 동안 김진진이 겪었던 차별대우와 편견과 질시 속에서 어떻게 살아남았던가, 라는 이야기보따리는 단순한 개인사(個人史)가 아닌 여성 국극사의 이면사라고 해도 과언이 아니다.

여성 국극이 순수예술하고는 거리가 멀다는 것도 모두가 잘 알고 있는 사실이다. 그러면서 예술성보다 대중성과 흥행성에 있어서는 순수 연극이 미처 따르지 못할 세계가 있다는 점도 우리는 이해해야 한다.

나는 언제부터인가 그 여성 국극에 관심을 가지고 있었다. 그래서 일찍이 임춘앵 극단을 위해서 〈견우직녀〉라는 작품을 쓴 게 인연이 되어 김진진과 김경수 자매가 이끄는 여성국극단 '眞慶'을 위해서 두 편의 작품을 쓴 인연을 맺었다. 〈꽃이 지기 전에〉와 〈사라공주〉가 바로 그것이다. 그런데 이번에 출판되는 책의 제목이 《꽃이 지기 전에》로 정해졌다는 말을 듣고 새삼 지난날의 추억이 되살아나곤 했다.

여성 국극인 김진진, 섬세하고 야들야들하면서 포용력이 있고 밝은 그 성품만큼이나 많은 사람들의 사랑도 받았던 보배로운 배우이다. 마음 같아서야 지금도 무대에 서면 왕년의 그 미모와 연기와 당찬 기백으로 관중을 사로잡을 것 같지만 현실은 그렇지가 않다는 것을 본인도 실감했을 것이다.

한 때 슬럼프에 빠졌던 여성 국극을 재건시키려고 무수히 노력을 했지만 아깝게도 그 성과는 부진했던 경험을 본인도 잘 알고 있을 것이다. 여성 국극인들은 기회가 있을 때마다 지원책이 미약하다고 불평을 한다. 그리고 여성 국극을 일본의 '다카라쓰카 소녀가극'이나 중극의 '경극(京劇)'에 대비시켜 자화자찬을 하지만 그건 잘못이다. 그것은 환상이다. 소망이다. 현실은 그것이 아니다.

시대가 얼마나 흘렀고, 무대 예술이 얼마나 변했고, 관객들의 입맛이 얼마나 고급화 되었는가를 알았던들 여성 국극은 그 환상에서 깨어나야 했다. 그리고 흥행이 아닌 차세대 여성 국극인의 교육과 양성에 더 힘을 기울여야 했고, 그것을 위해서 정부측에다 지원책을 요청해야 옳았다. 그러나 유감스럽게도 여성 국극은 50년 전의 낡은 무기를 그대로 들고 나와 싸우려는 희극을 범한 셈이다.

　　나는 김진진의 미래는 그 후진 교육에 앞장서는 일에서 삶의 보람을 느껴야 옳다고 생각한다. 그 문제점과 답안이 바로 이《꽃이 지기 전에》안에 들어 있고 보면 이 책은 어쩌면 김진진의 노년기에 대한 각성이자 도전장이라고 못 박고 싶다.

2003년 6월 10일

신판/ 404쪽/ 한누리미디어 간

진진의 황야의 외침이
사롭게 들리지 않는 것은
시대를 풍미한 대중예술의
타로서 혼돈과 절망의 시대에
름답고 환상적인 노래와 춤,
라마로서 민중의 아픈 마음을
다듬어 주면서도
덕적으로 모범적인 삶을
아왔기 때문이 아닐까 싶다.

발문

살아있는 女性 國劇史, 金眞眞論

류 민 영
(단국대학교 대중문화예술대학원 원장)

　해방 전 세대의 소년시절 우리의 마음을 사로잡았던 것은 아마도 겉장이 다 닳아버린 만화책과 어쩌다가 흘러 들어오는 서커스단 공연이 아니었을까 싶다. 특히 도시로부터 멀리 떨어져 있는 산촌의 소년들은 구경거리가 없었기 때문에 별빛 쏟아지는 밤 시골 초등학교 운동장 서커스단에서 흘러나오는 구성진 트럼펫소리는 마음을 설레이게 하고도 남음이 있었다.

　그렇던 소년들이 대처로 유학 와서 만

낳던 것이 영화와 여성 국극, 그리고 헤르만 헤세이리라.《누구를 위하여 좋은 울리나》라든가《햇님 달님》,《데미안》등은 소년들에게 꿈과 사랑, 낭만, 그리고 성숙에의 고뇌와 함께 성인으로 다시 태어나는 데 있어 정신적 자양이 된 것이 사실이다. 호주머니 사정이 어려워 계림극장 굴뚝담을 뛰어 넘어가다가 인분통에 빠지기도 했던 내 고등학교 시절의 추억담은 이제 노년기에 접어든 모든 사람들의 공통적인 전설로 남아있다.

그런 시절 소년들에게 막연하게나마 사랑의 감정을 불러일으켰던 여성 국극의 신데렐라 몇은 이승과 하직했고, 영원한 스타 김진진(金眞眞)만이 고희를 맞아 화려했던 옛 시절을 반추하면서 여성 국극의 부활을 위해 마지막 인생을 불태우고 있다.

그는 현대사의 격동 속에서, 그것도 민족 최대의 비극이라 할 6.25전쟁의 와중에서 공포와 불안으로 마음의 안정을 찾지 못하고 방황하고 있던 대중에게 하나의 위안이 되었던 여성 국극의 히로인으로서 나름대로의 희망의 빛을 던져보려 했던 인물이다. 사랑과 화해의 상징 선화공주는 줄리엣처럼 당시 청년들의 영원한 연인이었고 구원의 여성상이었다.

그것은 특히 김진진이라는 불세출의 히로인이 있었기 때문에 가능한 것이었다. 그렇다면 그녀는 과연 어떤 인물인가? 그녀는 당대의 명창 임춘앵의 질녀였다. 여기서 굳이 임춘앵(林春鶯)을 거론하는 것은 그녀가 그로 인해서 국악계에 들어섰을 뿐만 아니라 피 속에 외가의 예술혼이 깃들어 있었기 때문이다.

가령 그녀의 친가는 예술과는 무관한 전형적인 서울 선비집안이었다. 그의 아버지 김삼룡(金三龍)은 서울에서 태어나 고등보통학교를 졸업하고 체신청 공무원으로 사회생활을 시작한 관리였다. 선비집안 출신답게 강직하고 사리가 분명해서 일본인 상관들에게서도 높이 평가받을 만큼 전도유망한 관리였다. 그런 그가 전남 함평의 예술가 집안의 규수와 결혼한 것은 1931년이었다.

그런데 그 처가는 전형적인 남도 예인(藝人)의 집안이었다. 즉 장인은 함평에서도 손꼽히는 가야금과 피리의 명인이었고, 장모는 수준급의 판소리 명창이었다. 그리고 처숙부는 북과 장구에 능한 고수로서 함평의 삼현육각의 리더였고, 매제는 도쿄에서 음악을 공부했으며, 처형(임유앵) 역시 판소리 명창이었다.

그만큼 김삼룡의 처가는 호남의 명문 예인가계였다. 그러니까 김진진은 순전히 외가의 피를 받았다고 볼 수 있는 것이다. 그런 그가 1933년 김삼룡과 임임신의 장녀로 태어난 것이다.

1933년 김삼룡과 임임신의 장녀로 태어난 진진의 본명은 인수(仁洙)였다. 그 아래로 경수, 혜리 등 자매와 정태와 건태 형제를 둠으로써 한두 살 터울로 5남매의 장녀가 바로 김진진이었던 것이다.

태어날 때부터 외모가 출중하고 성격 또한 활달한 데다가 두뇌까지 명석해서 초등학교에 입학하자마자 돋보이는 소녀가 된 것이다. 모친이 그녀를 잉태할 때 머리를 땋아 내린 세 명의 여자들이 남장을 하고 물레방아를 열심히 돌리고 있는 태몽을 꿈으로써 그녀의 팔자가 셀 거라는 예감이 들었다고 한다.

그래서 그런지는 알 수 없으나 그녀는 어렸을 적부터 남자 아이들처럼 적극적이고 노래 잘하며 구변 좋은 소녀로서 주위 사람들의 시선을 끌었다고 한다. 흑석동 은로초등학교의 명물이 된 그녀의 당초 꿈은 소설을 쓰는 작가가 되고 싶은 것이었다. 그가 워낙 책읽기를 좋아하다 보니까 독서로 많은 것을 얻었고 일본말도 누구보다 잘했다.

그래서 은로초등학교 상급학년 때는 교내에서 '일본말 잘 하는 학생'으로 소문나 있었다. 그녀는 이미 초등학교 때 일본의 유명작가 키쿠치 칸(菊池寬)의 소설책에 심취할 정도로 조숙한 소녀였던 것이다.

그녀가 특히 키쿠치칸의 소설 중에서도 애독했던 것은 천분(天分)을 오산한 무명작가의 출세주의나 명예욕에서 오는 초조감과 시기 질투심을 예리하게 묘사해 낸《무명작가의 일기》였다. 키쿠치칸에 매료된 그녀는《불량소년의 아버지》라든가《폭도의 아들》과 같은 소설을 두루 읽으면서 성숙해 갔기 때문에 같은 반 학생들과는 정신적 연령차가 클 수밖에 없었다. 따라서 그녀는 학교와 동네에서 통반장이라는 별명을 들을 만큼 매사에 앞장서는 리더십을 발휘하는 맹렬 소녀였다.

이렇듯 촉망받던 그녀에게 불운이 닥친 것은 12살 때. 그러니까 해방 직후인 1945년 12월 아버지의 죽음이었다. 대단히 올곧은 공무원이었던 그의 부친이 갑자기 복막염으로 세상을 뜬 것이다. 생활능력이 없었던 30대의 미망인과 올망졸망한 5남매 등 여섯 식구의 생계가 당장 어려워지기 시작했다.

따라서 그녀의 모친이 발 벗고 나설 수밖에 없었다. 시집올 때 가져온 옷감이며 몇 안 되는 패물을 팔아도 여섯 식구의 생계와 자녀의 학비는 어림없었다. 집을 팔아 전세로 옮기면서 그녀의 모친은 바느질품을 팔기 시작한 것이다. 물론 삯바느질로도 생계는 여전히 어려웠던 때 창극 단원으로 이름을 날리고 있는 이모 임춘앵이 가끔 생활비를 보태줌으로써 겨우 생존을 유지해 갈 수 있었다.

그런 가난 속에서도 향학열에 불탔던 그녀는 중학교에 들어가서 학업을 계속했지만 순탄치는 못했다. 그러던 어느 날 이모 임춘앵이 찾아

와서 그녀를 여성국극단으로 데려가겠다고 했다.

언니 집을 드나들면서 질녀의 사람 됨됨이와 잠재적 재질을 눈여겨 보아왔던 터라서 임춘앵은 그녀를 국극 배우로 키우고 싶었던 것이다. 주지하다시피 여성 국극은 여성들만의 창극을 일컬음이다. 사실 근세 까지 이어져 온 남존여비 사상은 국악계에서 더욱 심했었다. 창극단에 서 주요 역할을 하고 있는 여류 명창들이 남성 명창들에게는 찬밥 신세 를 면치 못했다. 창극단에서 궂은일이나 도맡아 하면서도 사람대접을 못 받아오던 여류명창들이 해방 이후 자유바람을 타고 각성하기 시작 했다.

그러다가 결국 1948년 가을에 박록주, 임유앵, 김소희, 박귀희, 조유 색, 한영숙, 김농주, 성추월, 신숙 등 여류 명창들이 소위 여성국악동호 회라는 것을 조직하고 나선 것이다. 이것은 곧 남성 국악인들에 대한 여 성 명창들의 인간적 반란이었다. 우리나라 예술사상 여성 명창들만큼 조직적으로 남성들에 반란을 꾀한 경우는 없었다.

이렇게 해서 출발한 여성 국극은 남성 위주 창극을 압도할 만큼 인기 가 급상승했다. 그런 여성 국극 리더들 중에 임춘앵 명창이 있었던 것이 다. 임춘앵은 외모에 있어서나 성품 등에서 가능성이 있다고 느낀 질녀 김진진을 여성국악 동호회로 데려간 것이다.

종로3가에 사무실을 차린 임춘앵은 작품연습을 하면서 김진진에게 특별하다고 할 만큼 혹독하게 훈련을 시켰다. 왜냐하면 그녀가 판소리 를 배워본 적이 없었기 때문이다. 명창 조몽실을 김진진에게 따로 붙여 서 소리를 가르치도록 했다. 대중가요에는 자신 있었던 그녀였지만 판 소리는 대단히 어려운 벽이었다. 그러나 그녀에게는 외가로부터 이어 받은 천부적 재질이 있었기 때문에 소리는 나날이 좋아졌다. 주위 선배들이 놀랄 정도였다.

일찍이 원로 연출가 이해랑(李海浪)은 〈배우예술론〉이라는 글에서 배우에게는 천부적 소질이 무려 70%라고까지 주장한 바 있었다. 그렇다고 하더라도 그녀의 소리 실력은 몇 십 년 불러온 다른 명창들에 비할 바는 되지 못했다. 다행히 구변을 타고 났기 때문에 대사만은 나의 추종을 불허할 만큼 낭랑하고 정확했으며 고저장단(高低長短)이 분명해서 무대배우로서는 나무랄 데가 없었다.

따라서 그녀는 처음에는 단역과 조역으로 만족해야 했다. 그녀는 연령으로나 경력, 그리고 소리실력 등으로 볼 때 보잘것 없었기 때문에 창극단의 말단 심부름꾼을 면치 못했다. 이렇다고 할 만한 역할 하나 제대로 맡아보지 못하고 지방순회 공연을 따라나섰다가 군산(群山)에서 6.25전쟁을 만난 것이다.

전쟁 중에도 호구지책을 위해서 그녀는 이모 임춘앵과 함께 남도지방을 다니면서 소리품을 팔아야 했다. 그러나 고생은 되었지만 소리는 이모에게도 배우고 또 치열한 독공으로 나날이 좋아져 간 것이 사실이었다.

그러다가 이모가 1951년 광주에서 박초월, 임유앵, 김경애, 한애순, 조영숙 등과 따로 여성국악동지사를 조직하기에 이르렀고 그녀도 동생 김경수와 함께 정식단원이 될 수가 있었다. 그때 나이 겨우 19살이었다.

그녀가 여성 국극에 발을 들여놓은 지 2년여 만에 당당히 여성 국극단의 일원이 된 것이다. 여성국악동지사는 창립공연으로 〈공주궁의 비밀〉(조건 작)을 11월 광주에서 막을 올렸는데 주연은 당연히 임춘앵과 박초월이었음은 두 말할 나위없는 것이었다. 그녀는 왕의 여동생인 진진옹주라는 조역을 맡았었다. 나이 어린 그녀로서는 과분한 배역이었다.

그런데 이 공연은 그녀에게 일생일대의 중요한 계기를 만들어 주었다. 그 하나가 예명(藝名) 얻기였고, 다른 하나는 스타예감이었다. 즉 이 작품을 연습하는 과정에서 그녀를 유심히 지켜본 원작자 조건(趙健)이 예명을 갖는 것이 좋겠다는 제안을 한 것이다. 인수(仁洙)라는 본명은 평범한 남자 이름 같아서 스타로 발돋움하는 데 걸림돌이 될 수 있다는 것이었다.

그러면서 그녀가 마침 주요 등장인물인 진진옹주 역을 맡고 있는 터였음으로 아예 진진(眞眞)이란 예명을 가지라는 것이었다. 참됨이 두 번이나 들어간 뜻이므로 그녀의 이미지에도 부합한다는 것이었다. 다행히 조건 극작가의 제의에 전 단원이 찬동을 함으로써 그로부터 김인수는 김진진이 된 것이다.

두 번째의 스타예감이란 매우 이상한 공연사건에서 빚어졌다. 가령 여주인공이 버들아기공주 역으로 나오는 박초월이 능숙한 창으로 관중을 즐겁게 한 것도 사실이지만 아리따운 처녀공주 역으로서는 40세를 바라보는 그에게 있어서 어딘가 걸맞지 않았던 것이 사실이었다. 그런 것은 관중이 더 먼저 느끼고 있었다.

따라서 공연 첫날 밤 객석에서 누군가 진진옹주와 버들아기공주(박초월 분)를 바꾸어서 하라는 외침이 들렸고, 그를 받아 객석이 떠나가도록 합창을 하는 것이 아닌가. 자존심이 상한 박초월 명창은 공연을 마치자마자 기분 나빠서 못하겠다면서 보따리를 싸들고 상경해 버린 것이다.

극단은 난리가 났다. 당장 여주인공이 사라져 버렸으니 다음날 공연이 문제였다. 어쩔 수 없이 관중의 요청대로 풋내기 김진진이 여주인공을 할 수밖에 없었다.

소리 실력에 있어서는 박초월 명창의 발끝에도 미치지 못했지만 주연 데뷔무대는 환호성으로 가득 찼다. 임춘앵 대표는 말할 것도 없고 전 단원이 안도의 한숨을 내쉬게 되었다. 그럴 수밖에 없는 것이 판소리를 겨우 2년도 배우지 못한 데다가 대사 한 마디 없는 '촛대' 정도의 단역으로 무대에 서오던 풋내기가 전혀 준비 안 된 상태에서 어느 날 갑자기 주연이라는 큰 역을 맡았기 때문이었다.

그러나 김진진의 혜성과 같은 등장은 그것이 비록 우연이라고 하더라도 시대변화와 대중의 감각변화에 따른 하나의 역사적 필연으로 보는 것이 타당하다. 적어도 현대사에 있어서 1950년 6.25 전쟁은 많은 것을 변화시킨 것이 사실이었다. 그러니까 전쟁은 모든 것을 파괴시켰고 외국 군대의 참전으로 대중은 갑자기 서구문명을 체험하면서 감성도 변할 수밖에 없었다.

따라서 창극 관객도 과거처럼 소리보다도 아기자기한 서사적인 얘깃거리와 발랄한 젊은이들의 또랑또랑한 언어, 역동적인 몸짓과 춤동작을 더 선호한 것이다. 그렇게 볼 때 이미 40대로 접어든 명창 박초월의 경직되고 고루한 연기는 관객들을 따분하게 만들 수밖에 없었다.

따라서 서울에서 태어나 신식교육을 받은 열아홉살의 풋풋하면서도 발랄한 처녀 김진진이야말로 관중이 은연중에 갈망하던 스타였던 것이다. 더욱이 김진진은 가녀리고 갸름한 계란형의 전형적인 한국미인형 얼굴에다가 톡톡 튀는 재치와 순발력, 그리고 고저장단이 분명한 표준어 구사로 인해서 이야기 전달에 있어서 타의 추종을 불허했다.

그녀야 말로 관중이 갈구하던 여주인공이었고 시대가 요청한 스타였던 것이다. 이러한 복합적 요인은 그녀의 소리실력 부족을 메꾸고도 남음이 있었다.

1948년에 시작된 여성 국극이 그녀의 등장으로 3년 만에 진정으로 국극다운 국극을 하기 시작한 것이 되는데, 그 촉매역할을 애송이 김진진이 해낼 줄은 아무도 상상 못했던 일이었다. 그리고 김진진의 등장은 그 이전까지의 소리위주의 창극으로부터 연극위주의 창극, 즉 소리, 춤, 연기가 잘 조화된 새로운 형태의 여성 국극시대로 전환되는 계기를 만든 것이었다. 김연수 등 당대의 명창들로 구성된 창극단이 임춘앵의 여성 국극에 단번에 밀려났던 이유도 바로 거기에 있었다. 김진진은 하루 아침에 스타로 떠오르면서 작품마다 여주인공을 도맡았고 이미 부동의 스타로 자리잡고 있던 여성 국극의 대모 임춘앵과 맞상대역을 하면서 서서히 임춘앵의 인기를 뛰어 넘어서고 있었다.

따라서 그녀는 자신의 부족한 부분인 소리 실력을 보완하기 위하여 개인적으로 김연수에게 사사 받기도 했다. 그녀는 극단 명칭을 '임춘앵과 그 일행'으로 바꾼 이모를 따라 전시중에도 쉼없이 호남지방과 부산지방을 순회공연하면서 대스타로 발돋움해 갔다. 특히 1952년 부산에서 공연한 〈반달〉(조건 작)이라든가 〈청실홍실〉(고려성 작), 그리고 〈대춘향전〉 등에 연속적으로 출연함으로써 확고한 주연자리를 굳힐 수가 있었던 것이다.

그런데 흥미로운 사실은 임춘앵의 여성 국극단 내부에서 그녀를 시작으로 해서 조금씩 세대교체가 일어나기 시작했다는 사실이다. 그녀를 뒤따라 입단한 열여덟살의 여동생 김경수는 남자 못지않은 우람한 몸집의 처녀로서 남성역에 안성맞춤이었다.

김경수도 이모 임춘앵이 고정적으로 맡아오던 남주인공 역을 대신하기 시작한 것이다. 명창 조몽실의 딸 조영숙 역시 코믹한 역에는 딱 들어맞았다. 그렇기 때문에 〈춘향전〉을 공연할 때 김경수(이도령), 김진진(춘향), 조영숙(방자) 트리오는 환상의 콤비였다.

　1953년 여름 휴전과 함께 임춘앵 일행도 상경하여 9월 시공관에서 〈산호팔찌〉라는 작품으로 환도기념공연을 가졌는데 지방에서의 인기를 능가하고도 남음이 있었다. 그들은 서울과 지방을 돌면서 〈여의주〉(고려성 작), 〈백호와 여장부〉 등을 선보였다.

　모두가 삼국시대나 고려시대를 배경으로 한 역사물이었다. 그러니까 임춘앵국극단은 역사와 설화를 바탕으로 한 작품이거나 아니면 〈청성홍실〉처럼 세익스피어의 〈로미오와 줄리엣〉 등의 번안극이 주였다. 김진진과 그 여동생 김경수, 김혜리까지 가세하면서 임춘앵국극단은 질녀 삼자매로 조금씩 힘이 쏠려갔다.

　더욱이 임춘앵이 1954년 후원자였던 남편 신대우와 사별하면서 그런 조짐은 가속이 붙어간다. 여성 국극은 여전한 인기였고 1955년경에는 절정을 이루기도 했다. 그러나 인기를 뒷받쳐 줄 레퍼토리 빈곤이 문제였고 유명작가의 소설, 예를 들면 현진건의 〈무영탑〉 같은 소설도 국극화한 것이다.

　그러나 여성 국극이 워낙 폭넓은 관객층을 형성하고 있었기 때문에 무슨 작품을 무대에 올리든 객석을 가득가득 메울 수가 있었다. 이들은 또 다시 지방순회공연을 위해서 1956년 〈콩쥐팥쥐〉를 갖고 부산으로 갔다.

　그런데 부산공연 중에 뜻밖의 사건이 벌어진 것이다. 즉 이모 임춘앵의 독선 독주에 빈기를 들고 이탈한 것은 바로 인기절정에 있던 김진진, 김경수, 김혜리 3자매였다.

　그녀는 결국 25살이라는 젊은 처녀의 몸으로 1957년 동생 경수와 이름 한 자씩을 따서 '진경(眞慶) 여성국극'이란 단체를 만들어 독립했다. 그 당시 여러 개의 여성 국극단이 있었지만 그녀가 최연소 단체 대표가 된 것이다. 그녀는 두 여동생과 신진들인 김옥봉, 박영주, 문미나, 백설화, 김혜경, 김순희, 김명자 등 20여 명으로 조직된 진경여성국극단을 만들어 그 해 11월 중순 〈사랑탑〉(조건 작)이라는 작품을 국도극장 무대에 올린 것이다.

창립공연은 대성공이었는데 이는 그만큼 김진진 자매의 인기가 대단했음을 의미하는 것이다. 진경여성국극단의 등장은 그동안 독주해 오던 임춘앵국극단을 하루아침에 퇴락으로 몰아갔다. 그러니까 여성 국극계의 판도가 젊고 신선한 진경여성국극단 위주로 재편성된 것이다.

진경여성국극단은 여타 단체들과 차별화하기 위해 전도유망한 젊은 극작가 차범석의 신작 희곡 〈꽃이 지기 전에〉를 시공관 무대에 올리면서 신극 연출가 이진순을 연출가로 영입함으로써 여성 국극의 새 활로를 찾아 나섰다.

진경여성국극단의 공연은 우선 고루한 여타 단체들의 공연과는 확연하게 차이가 났고 감각적으로도 관중의 구미에 맞았다.

다음 작품은 창극본으로 유명한 조건의 최신작 〈언약〉을 역시 시공관 무대에 올려 인기를 끌었음은 두 말할 나위없는 것이다. 젊은 단장 김진진은 춤에 특히 뛰어났다. 그래서 직접 안무도 맡아 했다. 연출은 주로 이유진과 이진순이 번갈아 맡음으로써 작품성을 높였고, 창작뿐만 아니라 〈몬테크리스트백작〉을 번안한 〈초야에 잃은 님〉을 무대에 올리기도 했다. 김진진, 경수 자매의 인기는 신문(연합신문) 연재소설 〈무지개〉의 사진삽화로 들어갈 만큼 여전했다.

그러나 1960년을 고비로 해서 여성 국극이 인기정상으로부터 서서히 하강 국면으로 기울어가기 시작했다. 여성 국극이 쇠퇴의 조짐을 보인 것은 시대환경변화와 자체 내부 양쪽이 이상스럽게 맞물려간 데 따른 때문이었다.

여기서 외부환경 변화라는 것은 아무래도 문명진보에 따른 대중의 감각변화를 의미한다. 가령 영화예술의 발달로 천연색 시네마스코프의 현란한 대형 영화가 서양으로부터 물밀 듯 밀려들어왔고 TV의 등장으로 대중을 극장보다는 안방에 머물도록 한 것이다.

특히 TV 드라마와 라디오 드라마의 발달로 극장예술을 위축시킨 것이 사실이다. 이서구, 김영수, 한운사, 조남사 등과 같은 뛰어난 방송작가들이 매일 쏟아내는 연속드라마는 고전과 현대를 가리지 않고 대중오락물로써 더 없이 즐거운 것이었다.

그러니까 대중이 굳이 극장을 찾지 않고 안방에 앉아서 편안하게 시청각만으로도 감정을 카타르시스하는 데 부족함이 없었던 것이다. 서양영화와 방송드라마는 그 소재의 폭에 있어서나 감각, 그리고 유명배우들의 세련된 연기 등에 있어서 무대예술을 압도할 만한 것이었다.

따라서 시간이 흐를수록 대중은 무대예술, 그 중에서도 여성 국극을 진부하게 느끼기 시작한 것이다. 게다가 4.19학생혁명은 사회분위기를 일신시킴으로써 대중은 지난 시대의 낡은 것을 털고 새로움을 모색하는 방향으로 나아간 것이다. 따라서 극장무대를 석권해 온 전통신극단체 신협(新協)과 여성 국극이 동시에 퇴조하는 경향을 보여준 것이다.

물론 이러한 전반적 흐름 속에서 반짝 인기도 없었던 것은 아니다. 즉 5.16군사쿠데타 정권이 민족주의를 제창하면서 전통문화 진흥에 나섰고, 방송과 신문 등 언론매체에서 전통예술 발굴 계승에 앞장섬으로써 여성 국극에도 영향을 미친 것이 사실이었다.

그러나 그것은 어디까지나 반짝 인기에 불과한 것이었다. 이러한 외부환경 못지않게 여성 국극 자체 내에서도 여러 가지 침체 요인이 생겨나기 시작했다. 그것은 두 말할 것도 없이 당시 여성 국극의 두 버팀목이었다고 할 임춘앵과 김진진에게 동시에 신변상의 불운이 겹쳐 일어난 일이었다고 말할 수 있다.

가령 당대 여성 국극계의 대모라 할 임춘앵이 결혼생활의 파경으로 삶에 의욕을 잃었고, 신성 김진진이 부산에 순회공연을 가서 연탄가스 중독으로 사고를 당한 일이 있었던 것이다.

주지하다시피 예술은 열정으로 하는 것이다. 더욱이 여성 국극은 철저한 스타시스템의 무대예술이기 때문에 갑작스런 스타의 불상사는 그대로 인기에 반영될 수밖에 없는 것이다.

그리고 당시 임춘앵의 카리스마와 김진진의 절정에 오른 매력을 대체할 인물이 없었기 때문에 두 대스타의 퇴조는 그대로 여성 국극의 동력상실(動力喪失)로 연결되었다.

대스타뿐만 아니라 스타를 떠받쳐줄 신인들의 부족도 문제였다. 해방 직후까지만 하더라도 권번(券番)이 몇 개 있어서 국악인들을 양성할 수 있었지만 6.25전쟁을 계기로 그러한 양성소가 없었기 때문에 여성 국극계에 신진인물의 수혈(輸血)이 거의 불가능했다. 특히 영화의 발달과 TV보급이 늘어나면서 예술지망생들은 새로운 매체로 진출하기를 선호한 것이다.

그뿐만 아니라 여성 국극 내부에서도 시대 흐름을 제대로 포착 못한 맹점이 있었다. 대중의 감각과 기호가 바뀌어 가는데도 여성 국극계에서는 여전히 인기에 도취한 나머지 조건(趙健) 등 고정작가들에게만 전적으로 의존했기 때문에 영화나 TV, 라디오 등에 작품을 제공하는 한운

사, 조남사, 김영수, 임희재 등에 감각적으로 밀릴 수밖에 없었다.

그러니까 시간이 흐르면서 여성 국극 팬들은 영화나 안방극장으로 옮겨갔고, 새로운 젊은 관객은 생겨나지 않았다는 이야기이다. 이러한 여성 국극의 구태의연함이 쇠퇴를 부채질했다고 말할 수 있다.

따라서 대부분의 여성 국극단들은 재기불능 상태로 빠져들어갔고 김진진, 김경수의 인기가 워낙 높았기 때문에 진경여성국극단만이 그런대로 고정팬 중심으로 유지되는 정도였다.

게다가 정부가 국립극장 전속으로 창극단을 조직한 것도 여성 국극이 의욕을 잃은 한 계기가 되었다. 같은 창극임에도 불구하고 여성 국극을 철저하게 외면한 정부가 1962년에 주요 명창들을 모아 국립창극단을 조직해서 일방적으로 지원함으로써 여성 국극인들은 소외감을 느끼고 의욕을 상실했음은 두 말할 나위없는 것이다.

그럼에도 불구하고 김진진은 포기하지 않고 국극단을 이끌었다. 그러나 그녀의 결혼과 출산만은 한 여인으로서 어쩔 수 없는 것이었다. 특히 그녀의 행복한 결혼생활은 여성 국극에의 열정을 감소시켰다고 볼 수 있다. 때마침 진경여성국극단의 두 축이었던 김경수마저 결혼으로 국극단을 떠남으로써 진경국극단의 동력은 힘이 없었다. 그러나 집념이 강했던 그녀는 해산 직후 또 다시 국극단을 이끌기 위해 무대에 섰고 제작까지 도맡았다.

즉 그녀가 1963년 〈태조 이성계〉 공연 직후 출산 때문에 1년여 물러앉아 있다가 이듬해 〈강강술래〉로 복귀했고, 다음해(1965년)에도 〈세 공주〉를 대극장 무대에 올렸는데 과거와 같은 열광은 없었다. 미국풍의 대중예술의 유행은 젊은 관객을 앗아가는 결정적 요인도 된 것이다.

결국 진경국극단은 〈세 공주〉 공연을 끝으로 자동 해산되고 말았다.

그 뿐만 아니라 진경국극단과 여타단체들이 내부적으로 버티기 어려운 인적 조직을 안고 있었다.

여성 국극에 열정적인 것은 김진진 세 자매와 몇몇 여성들뿐이었고, 그들을 뒷받침하고 있는 남성들 상당수는 예술보다는 수익에만 더욱 열을 올렸으며 관객 조직이나 마케팅 같은 데는 무지했다고 볼 수 있다. 그러한 인적 구성도 여성 국극단을 붕괴시키는 한 요인이 된 것이다. 그러니까 이러한 모갑(牟甲)이들이 기울어져가는 여성 국극을 더더욱 구렁텅이로 몰아넣었다는 이야기이다.

1966년 들어서 사실상 은퇴상태에 있던 김진진은 세 딸을 낳고 가사에 전념하고 있었다. 그녀에게 있어서는 이 시기가 한 여성으로서는 가장 행복한 때였다고 말할 수가 있다.

그런 그녀에게 안온한 생활은 그리 오래 지속되지 못했다. 왜냐하면 낭만적인 남편의 허랑한 풍류생활로 말미암아 그녀로 하여금 생활전선으로 뛰쳐나가지 않으면 안 되게 만들었기 때문이다. 즉 그녀는 1970년대 들어서 관광 야간업소에 다니면서 지난 시절 국극 무대에서 했던 조각공연과 노래, 춤을 추면서 생계를 유지하는 처지가 된 것이다. 한 시대를 풍미했던 대스타의 서글픈 조락(凋落)이었다.

자존심 강하고 윤리적 결함이 없는 그녀가 밤업소를 다니면서 노래와 춤을 팔아 생계를 유지할 수밖에 없는 처지였음에도 조금도 흐트러짐 없이 그런 일을 해낸 것이다. 그녀의 꿈은 오로지 두 가지 목표, 즉 자녀부양을 통한 안온한 가정 유지와 여성 국극의 부활이 바로 그것이다.

더욱이 1975년 여성 국극의 대모였던 이모 임춘앵의 타계로 인해서 그녀가 전적으로 여성 국극 부활 계승의 책무를 짊어지고 있다고 믿었다. 그녀가 생활에 허덕이면서도 1970년대에 간간이 여성 국극 공연을 시도했던 이유도 바로 거기에 연유한 것이었다.

그러나 1970년대의 사회, 경제, 문화 등 여러 가지 환경은 여성 국극의 재기를 어렵게 했다. 다행히 1980년대 들어서는 여성 국극이 조금씩이나마 살아날 조짐을 보여주기 시작했다.

그 단초가 다름 아닌 1989년 임춘앵의 추모공연으로 마련한 진경여성국극단의 〈무영탑〉 공연이었다. 마침 그녀의 생활도 안정을 찾으면서 그녀는 여성 국극의 부활 계승운동에 발 벗고 나선 것이다.

1990년대 들어서는 은퇴상태에 있던 김경수, 김혜리 자매까지 합류한데다가 신진 몇 명도 가세함으로써 진경국극단을 중심으로 여성 국극이 악극 등 대중예술단체들과 어깨를 나란히 하면서 국립극장, 예술의 전당, 문예회관 등 관립대극장과 호암아트홀, 학전소극장 등과 같은 사설극장에서도 구작과 새창작극도 무대에 올렸다.

이것은 순전히 김진진이라는 지난 시대의 한 스타의 집념과 용기에 따른 것이었다. 그러나 그녀의 불굴의 용기도 시대환경 변화에는 어쩔 수 없었다. 그러니까 여성 국극도 관립창극단들처럼 정부나 자치단체의 지속적인 지원 없이는 전승이 불가능하다는 이야기가 된다.

1949년부터 지금까지 50여 년 동안 여성 국극의 부침(浮沈)과 운명을 같이 해 온 김진진이 노년기에 접어들었어도 그 열정이 조금도 식지 않는 것은 오로지 여성 국극이야말로 민족의 얼과 풍류, 멋을 지닌 무대예술로서 차세대에도 전승되어야 한다는 굳건한 신념 때문이다. 그녀의 황야의 외침이 예사롭게 들리지 않는 것은 한 시대를 풍미한 대중예술의 스타로서 혼돈과 절망의 시대에 아름답고 환상적인 노래와 춤, 드라마로서 민중의 아픈 마음을 쓰다듬어 주면서도 도덕적으로 모범적인 삶을 살아왔기 때문이 아닐까 싶다.

　그녀가 더욱 빛나는 것은 민족예술에 대한 사랑 못지않게 오늘날 각
종 스캔들로 사라지는 대중예술의 여성스타들과는 달리 효심, 우애, 자
녀사랑, 그리고 건강한 가족유지 등과 같은 전통적인 도덕률을 굳건하
게 지켜온 데 따른 것이라 말할 수 있다.

　여하튼 이미 지난 시대의 예술이 되어버린 여성 국극의 생존여부는
그녀를 중심으로 한 여성 국극인들의 혁신적 노력과 정부 및 자치단체
의 관심에 달려있다고 본다.

　　　　　　　2003년 여름

A5신판/ 451쪽/ 한누리미디어 간

작가 한승연은
이 작품을 쓰면서
우리 민족의 뿌리를 잃어버리게
했던 시대적인 상황과 그리고
그 역사의 수레바퀴 속에서
일어났던 크고 작은 사건들을
통해 잘못 인식된
우리의 역사적 진실을
밝혀 보려 하였다.

역사의 수레바퀴

편집부

　우리 한민족이 주체성을 다시 찾아 회복했을 때, 국민과 나라가 공동목표를 향한 통합정신으로 분단된 조국의 통일은 자연스럽고도 필연적으로 이루어질 것이며, 사회적 병리현상인 나약한 주체성과 고질적인 지방색에 학벌의식의 잘나고 못난 계급의식과 같은 비생산적인 유해의식 역시 사라질 것이다. 이런 관점에서 한승연의 장편소설《역사의 수레바퀴》는 시사하는 바 매우 크다고 할 것이다.

　사실 작가 한승연은 이 작품을 쓰면서 우리 민족의 뿌리를 잃어버리게 했던 시대적인 상황과 그리고 그 역사의 수레바퀴 속에서 일어났던 크고 작은 사건들을 통해 잘못 인식된 우리의 역사적 진실을 밝혀 보려 하였다. 수난의 역사 속에서 표류하고 있는 우리 역사의 뿌리를 건져 올림으로써 오늘에 사는 우리의 실체를 바로 볼 수 있을 것이며, 그것만이 분단된 조국통일의 문을 열게 하는 그 지혜를 귀띔해 줄 것이기 때문이라고 한다.

우리 조상들이 심어준 대법의 조화사상이야말로 오늘 대립적으로 놓여 있는 양극사상을 배타적으로 적대시하기보다는 그 모자람을 서로가 절충 보완하면서 자연스럽게 하나가 되게 하는 그 동질성부터 회복해 줄 것이며, 남북이 불가분의 관계로 머물러 있는 민족통일 과업을 이룰 수 있게 해 줄 것이다. 아울러 개개인에게 정신이 있듯이 인간집단이나 국가와 민족에게도 그 나름대로의 국민정신, 민족정신과 같은 집단정신이 있고, 이러한 정신은 일정한 방향을 갖고 살아 움직일 때 비로소 그 가치를 발휘할 것이다.

우리 한민족의 민족정신을 역사적으로 살펴보면 한반도에 단군왕검의 홍익인간사상을 주축으로 한 '한얼사상'은 고대사에서 이웃 민족을 지배해 왔던 '이데올로기'로써 신라가 삼국을 통일한 화랑도 정신을 비롯해서 물샐 틈 없었던 혼란의 어려움 속에서도 분연히 재기하여 일어설 수 있었던 것 역시 우리의 배달정신 때문이라고 할 것이다.

이제 우리는 타의에 의해서 조성되었던 우리 민족의 주체성을 회복시켜야 하며, 왜곡된 역사적 뿌리를 찾아내어 바로 세워야 할 것이다. 그리하여 우리의 '역사의 수레바퀴'가 제대로 굴러가게 하여야 한다.

B6신판/ 180쪽/ 한누리미디어 간

한승연 시인詩人의
시세계

유 종 해
연세대학교 명예교수(행정학)

독특(獨特)한 체취(體臭)로
거시와 미시, 그리고 인간적인
고뇌 등이 잘 조화되어 있는
주옥 같은 시편들로 오늘을
무책임하게 방황하며
살아가는 이 시대의 젊은이들과,
또한 지난날에 모든 것을
이루지 못했다고 후회하면서
살아가는 기성(旣成)세대들에게
고루고루 마음의
청량제(淸凉劑) 역할을 해
주리라고 확신하면서…

시인(詩人)은 무엇을 하는 사람인가?

문학사에 있어서 시인의 역할이 어떤 것이어야 한다는 당위성의 문제가 단원적(單元的)인 해답을 얻어낸 적이 없었던 것을 우리는 생각하게 된다. 한 나라의 문학사에 있어서 시인의 사회적 역할이 무엇인가? 그리고 시(詩)는 우리들의 생활 속에 왜 필요한 언어(言語)의 창조(創造)인가?

우리가 보편적으로 알고 있는 시란, 말씀언(言)변에 절사(寺)자가 붙어 있는 것으로 마음을 닦는, 곧 자성(自省)하는 소리라는 뜻이었을 때, 한승연 작가의 시 세계가 바로 그런 것이다, 라고 표현해도 과히 틀린 말은 아닐 것이다.

그녀의 시어(詩語)들이 드러내 주는 도도한 필력(筆力) 속에, 그러나 허무(虛無)와 죽음의 세계에 깊숙이 스민 그러한 삶의 회의(懷疑) 속에서 자신의 내면을 마치 타인처럼 들여다보듯 자아성찰(自我省察)하는 그런 깨우침의 소리들이 가만하게 울림을 주면서 감동으로 다가오기 때문이다. 특히 우리들이 살아가는 사회현실의 비극과, 남자도 아닌 여류 시인으로서 우리 한민족의 역사성을 일깨워 주고 있는 보다 폭넓은 그녀의 시세계(詩世界)는 읽는 이들에게 또 다른 감동을 던져 준다고 하겠다.

내가 알고 있는 작가 여명(麗明) 한승연은 그동안 많은 역작(力作)을 펴 온 작가로, 여자(女子)이면서도 남자(男子)보다 강하고, 기독교 신자(信者)로서 기독교(基督敎)를 초월하여 불교(佛敎)와 유교(儒敎)를 이해(理解)하고 포용하고 있으면서 이 시대에 과연 종교란 무엇인가? 라는 화두(話頭)로 비약(飛躍)한 그녀만의 독특한 정신세계를 이미 구축하고 있음을 보여 주고 있다.

이처럼 종교를 통합하여 구축한 그녀만의 정신세계는 마침내《성서로 본 창조의 비밀과 외계문명》《성서로 본 칠성님의 비밀》《역사의 수레바퀴》와 같은 대역작(大力作)을 만들어 내었고, 그 작품 속에서는 마치 우주(宇宙)의 이론(理論)을 통달한 과학자와 같은 이해(理解)의 일면(一面)을 보임으로써 그녀만이 발산해 낼 수 있는 그 어떤 강렬한 힘의 개성을 유감없이 작품 속에 표출해 내기도 했었다. 그래서 주위로부터 역량(力量) 있는 작가로 이미 인정받고 있는 것이 사실이다.

그런데 그녀가 이번에 펴내는 시집《등신화 수화》는 지금까지 보여준 작품들과는 대조가 되는 작가 스스로를 뒤돌아보는 삶의 진솔한 면을 엿볼 수 있었다.

이제까지 보여준 선(線)이 굵은 그녀의 작품들과는 그 모습이 다르게 어쩌면 청순한 한 여인(女人)의 모습으로 〈나도 사랑하고 싶다〉 시편 (詩篇) 속에 나타내 보이는 처절하면서도 아름다울 수밖에 없는 모습이 〈사랑의 세레나데〉〈놀빛 사랑〉 등 그녀가 그 속에서 갈망하는 목마름의 사랑 이야기는 우선 그 색채감(色彩感)부터가 지금까지 보여준 걸출한 모습과는 또 다른 새로운 이미지를 부각시켜 주고 있다는 사실이다.

물론 새롭게 상재(上梓)되는 시집 속에는 거시적(巨視的)인 〈배달의 얼〉〈평화의 북소리〉〈조물주의 천지공사〉〈신명의 넋으로〉와 같은 우주관 내지는 역사성에 원심력(遠心力)을 둔 수준 높은 작품도 있고, 〈여자의 길〉〈인과〉〈세월은〉〈사랑하는 아들에게〉 그리고 〈사랑하는 딸에게〉 등의 시편(詩篇)들에서는 여인의 내밀한 고뇌의 섬세함을 잘 드러내 보이고 있으며, 또한 그 외에 〈내 친구 동균 할매〉〈내 친구 봉선아〉〈내 친구 안자에게〉〈동지애〉와 같은 그녀의 주변을 돌아보면서 친구들을 통해 자성(自省)하고 있다.

이처럼 수준 높게 시도하는 그녀의 시적(詩的) 콤포지션의 공간조형 (空間造形)이야말로 그녀만의 타고난 재능으로 그녀의 모든 시(詩)는 한 마디로 그녀 자신에게 절대유일(絕對唯一)의 종교와 같은 모습으로 번민하는 Micro한 면이 비춰지면서 새로운 지적(知的) 감명을 던져 주고 있다고 하겠다.

적어도 이 시집(詩集)에 수록된 작품들은 처음부터 끝까지 삶의 아름다움과 허무(虛無) 그리고 죽음과 사랑의 이야기까지도 종교며 철학으로 그녀의 시편(詩篇)들은 대체적으로 무위자연(無爲自然)의 건강한 도덕성(道德性)을 내포하고 있으면서, 자연(自然)과 사물(事物)의 존재(存在)와 모든 공간을 그녀가 필요로 하는 심상(心象)의 소도구(小道具)로 적절하게 활용하는 탁월한 시인(詩人)으로서의 능력을 유감없이 발휘하여 나타내 보여주고 있다는 점이다.

그러한 신선한 이미지가 발산하는 시집《등신불 수화》는 한승연 시(詩)에서만이 느낄 수 있는 독특(獨特)한 체취(體臭)로 거시와 미시, 그리고 인간적인 고뇌 등이 잘 조화되어 있는 주옥 같은 시편들로 오늘을 무책임하게 방황하며 살아가는 이 시대의 젊은이들과, 또한 지난날에 모든 것을 이루지 못했다고 후회하면서 살아가는 기성(既成)세대들에게 고루고루 마음의 청량제(淸凉劑) 역할을 해 주리라고 확신하면서 시집《등신불 수화》일독을 강권하는 바이다.

2005년 4월 봄날

B6신판 양장본/ 102쪽/ 한누리미디어 간

시로 쓴
인생 회고록(回顧錄)

김 광 한
(작가)

한승연 시인의 시에 받침말을
붙인다면 그 지나온
긴 인생살이가 그랬듯이
고상한 가곡이나 엘레지나,
트로트보다는 가요무대에
등장하는 모든 노래와 같은
시가 아닌가 하는 생각을 합니다.

시인이나 문학평론가가 아닌 사람이 시인이 쓴 시에 대해 평을 한답시고 고상한 문자를 동원하여 왈가왈부하는 것처럼 보기 흉한 것이 없습니다. 시에 대한 전문적인 지식과 시를 써보지 못한 사람이 시를 평한다는 것은 오직 감상글의 수준을 넘어설 수가 없다는 것을 잘 알고 있는 제가 여해(麗海) 한승연 시인의 시를 그저 감상글의 수준에서 마감을 한다는 것에 대해 여간 죄송한 마음을 금할 수가 없습니다.

그러나 한승연 시인의 근처에서 20여 년이 넘도록 그 시인의 일거일
동을 지켜보고 또는 동참해 본 필자로서 시인의 시집이 나온다고 하기
에 몇 자 적지 않으면 안 될 것 같아서 붓을 잡아 보았습니다.

　　사람에게는 그가 하는 일과 신분에 따라서 여러 계층으로 구분이 되
듯이 문학도 문장의 이어짐과 특색에 따라서 시나 소설, 희곡 등과 같
은 장르로 구분이 되기도 합니다. 시(詩) 역시 더 구분을 하자면 장시
(長詩)와 단시(短時), 그리고 순수시와 목적시, 대중시 등으로 분류가
되기도 합니다. 노래 역시 대중가요, 클래식, 가곡, 오라토리오 등으로
구분이 되는데 여해 한승연 시인의 시를 시의 어느 장르에 꿰어 맞춘다
는 것은 여간 힘이 드는 일이 아닐 수 없습니다. 수십 권의 장편소설과
문자로 이루어진 모든 것에 평생을 투자한 시인에게 순수시니 목적시
니 하는 말로 고리를 단다는 것은 마치 길가에 함부로 뛰어노는 망아지
에게 고삐를 채우는 것과 마찬 가지이기 때문입니다.

　　다만 필자는 한승연 시인의 시에 받침말을 붙인다면 그 지나온 긴 인
생살이가 그랬듯이 고상한 가곡이나 엘레지나, 트로트보다는 가요무대
에 등장하는 모든 노래와 같은 시가 아닌가 하는 생각을 합니다. 사랑과
슬픔을 주제로 속삭이듯 콧바람을 내서 부르는 샹송이 아닌, 그리고 젊
은 아이들이 팔을 휘저어가면서 부르는 뜻도 가사도 모르는 노래가 아
닌, 콩비지에서 우려낸 진국물과 같은 인생의 굵은 눈물이 달려 있는
그런 시가 아닌가 하는 생각을 합니다.

　　'노래 따라 세월 따라 가요 반세기'에 나오는 모든 노래들이 가요무
대에 올려지고 늙은 가수들이 구성지게 부르는 흘러간 노래에는 그 시
대만이 갖는 애절함과 한과 설움이 곁들여져서 같은 시대를 살아온 낯
모르는 사람들끼리라도 부둥켜안고 합창하는 그런 노래, 특수한 몇몇

이 부르는 가곡이 아니더라도, 명곡이 아니어도 혀 꼬부라진 외국 소리라야 문화권이 맞는다는 얼치기 지식인들의 가식된 심정이 묻어있지 않은 그런 노래, 그런 시를 한승연 시인은 가슴으로 뱉어놓고 있는 것입니다.

고복수의 〈짝사랑〉, 남인수의 〈애수의 소야곡〉, 황금심의 〈알뜰한 당신〉, 오기택의 〈영등포의 밤〉, 배호의 〈돌아가는 삼각지〉 등등 한 시대를 울린 그 노래들은 명곡이 아니더라도 들으면 그 시절의 설움이 생각이 나서 눈물을 삼키게 됩니다.

한승연 시인의 시 역시 쉽게 풀어나간 사연 있는 구절구절마다 우리 시대 사람들이 어떻게 살아왔고 어떤 마음으로 살아갈 것인가를 침묵으로 말해 주고 있는 것입니다.

뉘엿한 석양 놀빛
눈시울에 붉어지는
소슬한 이 가을 한낮
한 잔의 추억을 마시면서
나도 저 낙조처럼
지긋한 아름다움으로 늙어가고 싶다.
이웃의 허물을 감싸주며
모든 사람에게 늘 관대하는
그저 폭 넓은 가슴으로
어지럽고 슬픈 세상을 원망하며
알아주지 않는다고 투덜대기보다
스스로 자신을 짓이기며

학대하기보다

저 감동의 놀빛처럼

조금 빈곤하더라도

이웃에게 어떤 도움을 줄까 고민하는

그런 노인으로 중후하게 늙고 싶다.

- 〈놀빛 가슴으로〉에서

이 한 편의 시에 한승연 시인의 진솔한 마음이 모두 들어있습니다. 소설을 많이 썼으되 소설가처럼 행세하지 않았고, 시를 쓰되 시인으로 남지 않았고 인간으로 남은 시인, 그가 한승연 시인입니다. 손이 커서 항상 그 큰손에 뭣인가를 담아 가난하고 소외되고 억울한 사람들에게 나눠주고 싶었기에 물질적으로 성공한 인생이 되지 못했던 지난날들을 결코 후회하지 않는다는 시인은 그래서 남자들보다 가슴이 넓고 그 넓은 가슴에 사바세계에서 일어나는 복잡다단한 사연을 안고 살아온 시인이지요.

속는 줄 뻔히 알면서도 선뜻 내주는 성품 때문에 풍요로운 물질생활과는 담을 쌓고 살았지만 이런 한승연 시인의 마음을 가상하게 여긴 하느님께서 그에게 한 자루의 붓을 쥐어주신 것을 시인은 그저 감사하게 생각하고, 이제 천천히 늙어가고 있는 황혼의 노을, 그것은 쩨쩨한 마음으로 평생을 아등바등 살고 있는 속물들의 앙가슴으로 파고들어서 그들에게 인생의 의미를 알려주는 메시지를 이 시집에서 주고 있는 것입니다.

가요무대와 같은 시, 가요무대에서 흘러나오는 모든 노래에는 쉽지만 깊은 애환과 설움과 아픔이 담겨 있습니다. 한승연 시인의 시가 이와 같습니다. 읽어 보면 딱딱한 구석이나 현학적인 수사(修辭)한 자 없지만 남의 눈물을 닦아주는 노래, 남과 함께 울고 웃는 시인의 마음이 들어있습니다.

인생 60년 이상을 살았다면 누구나 한 권 정도의 자서전 정도는 남길 수 있다지만 그 자서전의 내용이 문제가 되겠지요. 시로 쓴 회고록, 그 자서전은 재미가 있습니다. 그러나 읽는 사람들에게는 재미가 있지만 그 당사자는 아픔이 분명했겠지요. 가슴에는 수없이 많은 칼날이 박혔지만 이를 빼내기에는 너무나 시간이 촉박한 인생의 남은 날들을 마치 세 딸들에게 버림받은 할머니가 죽어서 묻힌 무덤 위에 피어났다는 할미꽃이 되어서 이제 그것을 시로 남기려고 하고 있는 것입니다.

몰라도 그렇게 몰랐을까
어머니의 서러운 죽음이
마치 아버지의 한량끼
그 풍류 탓인 양
화살촉처럼 탱탱하게
목줄 세워 쏘아 올리던
그 아팠을 낱말들

– 〈사모(思慕)〉에서

선주(船主)의 딸로 태어나 유년시절의 풍요로움을 한껏 누리다가 세상이란 난적 앞에서 갈길 몰라 방황하던 처녀시절, 그리고 부모의 말을 거스르고 사랑하던 사람과 야반도주를 한 일, 그리고 이어지는 삶의 굴곡들, 남들보다 많이 울고 부모 속 썩힌 것만큼 가슴에 깊은 멍과 함께 바람구멍처럼 뚫린 빈 공간, 그래서 진방남의 〈불효자는 웁니다〉란 노래가 시가 되어서 나오듯이 가슴의 빈 공간을 시와 소설로 메꾸려고 밤새 글 쓰다 보니 몸이 망가져서 찜질방이 주거지가 되다시피 한 지금, 서리가 되어 내린 머리카락 한 올을 잡고 멀거니 들여다보는 주마등처럼 지나간 날들이 아픔이 되어서 되돌아오기도 하겠지요.

많은 소설과 시를 썼지만 그 주제는 언제나 인과응보(因果應報), 뿌린 대로 거둔다는 평범하지만 어김없는 진리를 시와 소설로 평생을 써 나간 한승연 시인, 이제 어느 정도 업장도 소멸이 됐을 텐데 하면서 웃는 시인의 얼굴에 화색이 돕습니다.

남의 말을 너무 잘 믿어서 그를 속이려면 식은 죽 먹기보다 더 쉽다는 말을 듣고 하고 실제로 한때 신앙에 탐닉을 해서 몸이 아픈데도 성경 구절대로 살려다가 혼쭐이 나기도 하고 몇 번이나 속았어도 여전히 속인 사람을 믿는 이런 방면의 전과자이기도 하지요. 이런 전과를 많이 가진 사람들을 일컬어 얼빵이라고 하는데 얼빵이로 말하자면 대얼빵이, 가히 그 무리의 회장을 해도 손색이 없지요. 남의 빚에 보증을 서준다거나, 어느 날 갑자기 찾아온 친구의 사정을 듣고 딱해서 있는 돈 없는 돈 다 내줬다가 한 푼도 돌려받지 못하는 그런 종류의 사람들이 심심치 않게 많은데 이런 분들이 좀 있어야 세상이 재미가 있지만 당사자에게는 여간 고통스런 일이 아니지요.

자신을 아프게 한 사람을 질책하다가도 그 사람을 만나면 다시 손을 잡아주는 어쩌면 세상살이하기가 여간 불편하지 않은 저쪽 나라에 주민등록이 돼 있는 그런 한승연 시인에게 글을 쓴다는 것은 여간한 축복이 아니지요.

《할미꽃 연가》는 바로 이런 자신의 시로 쓴 회고록으로 남게 될 것이 분명합니다. 여성으로서 많은 시간을 할애한다는 머리와 얼굴에 시간을 뺏기지 않기 위해서 아예 머리카락을 잘라 버린 시인의 마음을 누군가는 알아줄 것입니다.

　그리고 한승연 시인이 쓴 수많은 주인공들, 그들은 그려낸 수많은 용어들, 미움보다 사랑이 복수보다 용서가 많았던 모든 문장들이 용어들, 미움보다 사랑이 복수보다 용서가 많았던 모든 문장들이 언젠가는 그가 쓴 글들과 함께 화려하게 부활하게 되리라 믿습니다.

기 《아! 무적》에 민족분단의
곡에서 총부리를 겨누며
존에 몸부림쳐야 했던
병대 북파공작 특수요원
IU의 처절한 삶의 절규를
낱이 밝히고 있는데
인공 이질범의 가슴 깊이
밀하게 묻어 두었던
난날의 악몽 같은 이야기…

아! 무적

편집부

　우리 한민족의 역사 속에서 우리나라
는 반도라는 지정학적 위치 때문에 대륙
과 해양으로부터 수많은 외세의 침입으
로 역사의 질곡을 겪으면서도 끈질기게
살아남았고 사상과 이념의 극렬한 투쟁
속에서도 이를 극복하며 꺼질 듯 꺼지지
않고 강인하게 살아남은 끈질긴 민족성
을 지니고 있다. 그 질기디 질긴 생명력
이 무엇인가를 기저에 깔고 여기《아! 무
적》에 민족분단의 질곡에서 총부리를
겨누며 생존에 몸부림쳐야 했던 해병대
북파공작 특수요원 MIU의 처절한 삶의
절규를 낱낱이 밝히고 있는데 주인공 이

질범의 가슴 깊이 비밀하게 묻어 두었던 지난날의 악몽 같은 이야기는 어느 한 개인의 범주를 넘어 국가적인 비극이었다는 점에서 온몸에 전율을 느끼게 한다.

"오늘도 유유히 흐르는 한강물은 남북을 따지지 않고 흐르는데……."

그렇게 자조 섞인 이야기로 시작되는 이 소설은 우리 일반인들이 도무지 상상조차 할 수 없던 일들이 대한민국 국민으로서 감당하게 되는 국방의 의무라는 이름으로 자행되었다는 사실에 경악을 금치 못하게 한다. 참으로 천운(天運)이 아니었다면 결코 살아남을 수 없었다는 전율이 느껴지는데 몸소 체험한 바를 담담하게 풀어내는 이질범의 눈빛 속에는 과거의 살인적인 고통이 물씬 배어 있었다.

참으로 불우한 시대에 태어나 대한민국 청년으로서 감당해야 했던 국방의 의무, 그러나 불행하게도 그 의무를 이행하였기 때문에 평생 동안 고통을 짊어진 채 옹이진 가슴에 아픈 사연들을 깊이 접어두고 함구하고 살아야 했던 그들이 대한민국에서 무적(無敵)의 군대를 자랑하는 해병대에서 조련된 MIU 북파공작 특수요원들이었다니 경악을 금치 못한다.

어쨌든 체력의 한계점에서 인간병기로 조련되는 과정과 그들의 애환 속에서 피어나는 전우애, 더불어 한 인간으로서의 꿈과 희망을 송두리째 칠흑의 바다에 국가의 소모품으로 수장(水葬)시켜 버린 처절한 이야기, 역설적이게도 땀냄새 듬뿍 배어 있는 사나이들의 잔인한 우정과 함께 '무적군대'임을 자랑하는 그들의 이야기가 처절하면서도 감동적으로 다가온다.

5판 양장본/ 117쪽/ 한누리미디어 간

바세계의 복잡한 사연들을
게 직조한
섬진강 파랑새 꿈》에서
비지를 우려낸 듯한
생의 참맛을 표출하고 있다.

섬진강 파랑새 꿈

편집부

　한승연 시인은 손이 커서 항상 그 큰 손에 뭣인가를 담아 가난하고 소외된 사람들에게 아낌없이 나눠주느라 물질적으로는 가난한 인생이지만 결코 후회하지 않는 풍요로운 가슴을 소유하고 사바세계의 복잡한 사연들을 쉽게 직조한 《섬진강 파랑새 꿈》에서 콩비지를 우려낸 듯한 인생의 참맛을 표출하고 있다.

　어쩌면 자전에세이라 하여야 할 만큼 한승연 시인의 사상과 일상이 그대로 표출되어 있는 작품집인데 유년시절의 풍요롭던 생활이 6.25 한국전쟁을 겪으면서 풍비박산이 되어 버리고 그 와중에서 어린 시절에 뛰어 놀던 저택에의 향수가 매우 단아하면서도 잔잔하게 묘사되어 있다.

자연의 섭리와 운용의 신묘함이 비록 현실적으로는 민족의 비운으로 남북이 분단된 채 아직도 형제의 가슴에 총부리를 겨누며 절규하고 있지만, 지난 역사 속에서 동방의 해 뜨는 나라로 세계 속에 우뚝 솟았던 한민족, 우리 조상의 혈류가 오늘도 우리들의 몸속에서 뜨겁게 살아 용솟음치고 있다. 또한 자주 독립을 추구하는 정신은 사사롭게 강대국에 의존하는 부끄러운 역사를 더 이상 만들지는 않을 것이라 다짐하면서 우리 국민은 세계를 향해 강인한 민족정신을 유감없이 보여주었다고 다져본다.

그리고 한민족의 형이상학적인 '한얼' 사상의 보배로운 동조, 동손, 동질의 정신적 가치관을 되찾고, 숨은 역사 속에 면면히 이어온 우리 조상의 숨결과 정신을 되살려 나와 더불어 있는 나라를 바로 세워야 할 때임을 상기하여 우리가 강대국의 지배로부터 벗어날 수 있고, 우리 모두 하나 되어 전체 공익이라는 개인의 자유와 평등 속에서 그 책임이 따르는 전제하에 개인을 능멸하지 않는 상부상조의 모범적 사회국가가 세워질 것 또한 기대해 본다.

어쩌면 한승연 작가가 작품 전편에 걸쳐 갈구했듯이 우리 조상의 홍익인간 정신을 되찾아 주체성을 회복했을 때 비로소 우리 겨레의 오랜 숙원인 통일 조국의 과업을 이룩하는 것은 물론, 세계화 시대를 이끌어 가는 21세기의 주역이 될 수 있을 것이다.

우리에게는 어느 민족이 갖지 못한 위대한 정신사상, 그 혈류가 우리 조상들로부터 면면히 이어져 흐르고 있기 때문에 저자 한승연이 갈망하는 '섬진강의 파랑새 꿈'은 힘찬 날갯짓을 하며 웅비하리라.

판 양장본 / 255쪽 / 한누리미디어 간

많은 경전들에서 예언하고
는 지구종말의 말법시대,
로 알파와 오메가임을
 책《우주통일시대 알파와
메가》에서
승연 작가는 신들린 듯
침없이 쏟아내고 있다.

우주통일시대
α & Ω

편집부

　이제 현대인들의 지적 설계 수준은 과거 하늘과 땅을 자유자재로 오르내리며 자신의 성호를 빛내던 창조신들의 4차원적 의식수준에 도달해 왔다. 그것이 바로 각 족속의 창조신들이 목적으로 삼고 고대하던 피조물들의 의식 진화로써 본자연(本自然)으로 회귀하는 하나님이 목적한 우주만물 삼천대세계가 하나로 완성되는 우주통일시대로 진입해 들어가고 있음을 현상학적으로 밝혀 주는 것이다. 이것이 수많은 경전들에서 예언하고 있는 지구종말의 말법시대, 바로 알파와 오메가임을 이 책《우주통일시대

알파와 오메가》에서 한승연 작가는 신들린 듯 거침없이 쏟아내고 있다.

하늘나라 '새 계명'의 말씀, 곧 신약복음을 읽고 깨달아 영혼이 성숙된 인간 종자 씨알이 곧 하나님이 바라고 고대하시는 의인으로서 영혼생명을 얻고 거듭남을 입게 되는 것이기 때문에 '나는 길이요, 진리요, 생명이라'고 말씀하신 뜻이 바로 거기에 있었음이다. 그러므로 그 말씀을 듣고 믿는 자는 영혼이 거듭남을 입게 되면서 비로소 하나님이 원하시는 성숙된 알곡이 된다는 것이며, 그 열매를 거두러 오신다고 했다. 그 때 이 땅에 하나님의 장막, 곧 지상낙원의 세계를 이루게 될 것이라는 것이 '처음과 끝이라는 하나님' 그 천지합일(天地合一)의 성공시대로서 〈그리스도의 세계〉라는 신약복음서 안에 담아두고 있는 전체적인 내용의 말씀이다.

그 진리의 말씀이 불가에서는 인과응보의 법칙에 의해 환생된다는 윤회의 이치로 자아견성하여 성불하라는 감로수이며, 기독교 스승 예수께서는 듣고 깨달아 거듭남을 입는 자는 의인으로 하나님 아들의 반열에 들어가게 됨으로써 영혼의 생명을 얻게 된다는 영생수라고 한 것이다. 게다가 우리 배달 한민족의 조상이 하늘 천신으로부터 성은을 입고 탄생되어져서 배달나라가 세워졌음에 하늘나라의 큰 하느님 곧 태극의 위치에 계시는 성부 하느님의 대위가 되는 성모 하느님으로 물질세계를 형상화 시키는 천지부모의 위치라는 것이며, 홍익인간 이화세계라는 지상천국의 모형으로 꽃피울 수 있었다는 것이다.

閉天 開國, 太初의 Logos

평화의 북소리

한 승 현 지음

그 영혼,
동방의 등불로
선연히 빛나던 한민족
오, 배달의 후예들이여!
나무도 뿌리가 있으므로
일세들을 피우는 것,
어쩌다가 우리는 이 터전의 뿌리
그 고마움을 그리도 잊었는가,
배달의 후예들이여!
배달의 후예들이여!!
먼저 간 자와 남아 있는 자,
그리고 뒤따라 오는 자들이
아스라이 영원에 영원으로 이어져 갈
그 생명의 매듭 잊지 말아야 하리,
배달민족 코리아의 내일을 위해!!!

5판 / 141쪽 / 한누리미디어 간

평화의 북소리' 만고에
리면서 세계를 향하여
구궁화 삼천리 화려강산,
한민국 코리아여! "를
차게 외치며 또 다시
계 속에 '동방의 등불' 로
뚝 솟을 것을 기대해 본다.

평화의 북소리

편집부

우리 한민족의 자랑스러운 얼과 뿌리를 바로 알고 민족공동체로서 남과 북이 번영하고 또 통일에 기여할 수 있는 올바른 가치관을 정립하여 미래를 바라보는 창조적인 국민의식을 되살리려는 한승연의 민족사상이 전편에 절절하게 배어 있는 사상서 《평화의 북소리》는 '남북평화의 무드' 가 조성되는 현 시점에서 충분히 읽을 만한 가치가 있다고 하겠다.

꺼질 듯 꺼지지 않는 저력의 민족정신은 민족 통일이라는 명제와 더불어 평화를 정착시키려는 희망의 불빛을 담아 결코 꺼지지 않을 것이다. 우리의 역사 속에서 우리나라는 반도라는 지정학적 위치 때문에 수없는 외세의 침입을 받아 참으로 힘겨운 역사의 질곡을 겪으면서도 끈질기게 살아남은 민족이다. 칭기즈칸의 말발굽 아래에서도, 중국 한자문화의 거대한 블랙홀 속에서도, 일본의 대륙진출을 위한 교두보 차원에서도 대륙세력과 해양세력의 소용돌이로 대변되는 위협 속에서 끝내 극복하며 강인하게 살아남은 끈질긴 민족성을 지니고 있었던 것이다. 서구가 2세기에 걸쳐 발전시킨 민주주의를 반세기 만에 꽃피우고, 일제가 저지른 36년간의 식민지 착취와 6.25한국전쟁으로 폐허가 된 잿더미 속에서 '한강의 기적' 이라는 경제적 부흥을 이루어낸 국민정신이 아니던가.

붓다는 세상을 빗대어 '고통의 사바세계' 라고 했다. 그만큼 인간의 삶이란 누구에게나 아픔을 동반한다는 말일 것이다. 그래서 사람들은 저마다 살아온 세월만큼 고통에 익숙해지면서 거기에 달관한 철학자의 가슴을 닮아가는 것인지도 모른다. 자랑스러운 배달민족의 혼(魂), 그 민족정기는 동해물과 백두산이 마르고 닳지 않는 한, 그 한 방울, 또 한 방울의 피가 모여서 언젠가는 배달민족 우리 조상들의 얼을 되살려 우리를 슬프게 했던 조국분단의 갈등을 해소하고 평화통일이라는 과업 달성과 함께 '평화의 북소리' 만고에 울리면서 세계를 향하여 "무궁화 삼천리 화려강산, 대한민국 코리아여!"를 힘차게 외치며 또 다시 세계 속에 '동방의 등불' 로 우뚝 솟을 것을 기대해 본다.

국판 양장본(상)/ 228쪽/ 값10,000원

국판 양장본(하)/ 228쪽/ 값10,000원

어머니의 초상화
(상·하)

편집부

역사의 증인으로 한 시대를 대변하는 어느 어머니의 질기디 질긴 삶, 그 삶의 유산은 무엇인가? 혼란과 격동의 시대, 우리나라 현대사에서 일제 수탈기에 태어나 조국 광복과 6.25 한국전쟁을 겪으며 피울음을 토해내던 한 여인의 파란만장한 인생 파노라마가 피눈물에 얼룩져 한 편의 초상화로 표출되어 풍요로운 오늘을 살아가는 젊은이들에게 삶을 성찰하는 계기를 마련한 장편실화소설, 《어머니의 초상화》.

저자 한승연은 인간의 운명이란 과연 무엇인가에 깊이 천착하여 소설 속 주인공을 1년여 간 동행 취재하면서, 붓다의 '고통의 바다'를 항해하는 삶의 여정을 스스로 성찰하며 고요한 달빛이 창문 넘어 가슴 깊이 스며드는 깊은 사유에 빠져 참으로 감명 깊은 인생 메시지를 창출하였다. 운명이란 전생이든 현생이든 스스로의 마음자리에 있는 그 생각이 만들어내는 것이라며 삶의 가치 또한 되새기고 있다.

인간은 왜 이 세상에 태어났으며, 이 세상에 태어난 인간의 운명이란 과연 무엇인가? 우리가 알고 있는 기독교의 창시자 예수 그리스도 역시 그가 운명적으로 짊어져야 했다는 십자가의 고난 앞에서 인간 육신의 고뇌를 토해냈음을 분명히 보여줌과 동시에 그것이 하늘 아버지의 뜻이므로 따르겠다는 순종형 아들의 모습을 보여준다.

"아버지여, 만일 아버지의 뜻이거든 이 잔을 내게서 옮기시옵소서, 그러나 내 뜻대로 마옵시고 아버지의 원대로 되기를 원하나이다."

하느님은 각 사람에게 스스로가 감당할 만한 십자가 이외는 주지 않는다는 것으로, 사람마다 크고 작은 그릇의 분량만큼 주어진 제몫의 '십자가'라는 고통이 있음을, 그것이 인간 숙명으로 타고난 탯줄에 감겨 나온다는데…. 숙명이라는 업장, 정녕 인간은 하늘이 내려준 세상이라는 텃밭 속에서 속사람인 마음씨를 제대로 닦고 영혼이 담긴 에너지를 발산할 수 있겠는가. 이 세상에 태어난 인간은 누구나 나름대로의 삶을 영위할 있는 그릇이 주어진다는데 참으로 감내하긴 힘든 한 여인의 인생사였지만 '어머니의 초상화'라는 이름으로 당당하게 이 땅에 존재하는 이 소설의 일독을 권해 본다.

신판/ 308쪽/ 한누리미디어 간

민족혼의 진작,
역사적 탐구

梅山 유 종 해
(연세대 명예교수 · 前 한국행정학회 총회장)

...천야록' 의 작가

...현 선생의 호가 매천이다.

...생께서는 지리산의 정기를

...으며 성장하였고, 또 그 지리산

...락을 토대로 칩거하고 혼돈된

...대를 날카로운 붓대로 지적

...관하면서 후진양성을 위해

...혈을 기울였던

...국충정의 우국지사였다.

　진리란 엄청나게 화려한 문장으로 채색된 말도 아니며, 또 거창한 무게와 헤아릴 수 없을 만큼의 깊이로 만들어진 것이 아니라고 했다.

　구한말(舊韓末)의 삼대 문장가로 꼽혔던 매천(梅泉) 황현(黃玹) 선생의《매천야록(梅泉野綠)》은 중학교 재학시 내가 제일 존경하는 스승님 유창돈 선생님께서 구한말의 어려운 정세(政勢)와 실태를 알 수 있는 최고의 대작이라고 소개를 해 주셨기 때문에 그 무게와 가치를 익히 알고 있었다.

그런데 놀랍게도 남성도 아닌 여류 작가로서 한승연 선생이 이처럼 중량감 넘치는 글을 소설화하여 쉽게 풀어서 세상에 내놓게 된 그 사실 하나만으로도 치하와 함께 경의를 표하지 않을 수 없었다.

내용의 전개가 우리의 민족적 전통성과 지난 역사의 아픔을 되새겨 이해하는 데 큰 도움을 주고 있기 때문이다.

이토록 엄청나고 큰 소재에 얼마나 조심하고 또 얼마나 섬세하여야만 했겠는가를 생각할 때 이번에 새롭게 내어놓는 이 역작(力作)에 대해 본인의 이 치하의 한 마디가 그 노고(勞苦)에 대해 힘이 되어 주기를 바라마지 않는다.

이번 소설《매천야록》의 부제는 과감하게도 "조선(朝鮮)은 이렇게 망했다!"이다. 그 제목부터가 잠들고 있는 우리 민족혼을 섬광처럼 깨우는 데 충분하고도 남는다.

이 시대는 더욱 더 혼탁하여 청소년들에게 교훈이 없는 낱말들이 넘쳐나면서 자라나는 이 시대 우리 청소년들의 정신을 혼미시키고 있다.

성장한 인간의 본능 중에서 가장 혐오스러운 것이 무지(無知)라고 했다. 그 무지를 깨우치기 위해서는 배움의 노력이 필요하다.

땅콩을 먹고 싶은가? 그렇다면 껍질을 까라고 했다. 그것은 본인 스스로가 할 일로, 특히 지식이란 본인의 노력 없이 그저 얻어지는 것이 아니다.

'매천야록'의 작가 황현 선생의 호가 매천이다. 선생께서는 지리산의 정기를 받으며 성장하였고, 또 그 지리산 자락을 토대로 칩거하고 혼돈된 시대를 날카로운 붓대로 지적 비판하면서 후진양성을 위해 심혈을 기울였던 애국충정의 우국지사였다.

그런데 금번 '매천야록'을 소설화시킨 한승연 작가 역시도 지리산의 정기를 받고 태어나 수많은 작품 활동을 해 왔다. 그는 특히 물질을 추구하지 않는 정신세계를 고집스럽게 추구해 온 작가로 주위로부터 존경을 받고 있다.

물질적인 편식에서 벗어난 작가 정신이란, 물체적인 것을 초월한 실재(實在)를 뜻하는 말이다. 그것이 바로 마음이며, 그 마음이 모든 것의 지렛대가 될 수 있는 것은 모든 물체적인 것을 초월하고 있기 때문이다.

한승연 작가의 작품은 거의 대부분이 그처럼 물체적인 것을 초월한 정신세계를 추구해 온 것으로, 내가 알고 있는 그 대표적인 소설만 소개해도,《묵시의 불》《심상의 불길》《운명의 카르마》《개천 그리고 개국》《성서로 본 칠성님의 비밀》《성서로 본 창조의 비밀과 외계문명》《꽃이 지기 전에》《역사의 수레바퀴》《아! 무적》, 그리고 최근에 쓴 작품으로는《우주통일시대 α&Ω》《평화의 북소리》《어머니의 초상화》등이 있으며, 이외에도 시집과 수필집을 통해 그의 정신세계를 보여주고 있다.

그의 내면세계는 물질을 떠난 민족혼의 진작(振作), 역사적 탐구에 대한 작품을 꾸준히 써 온 작가로 이번에 심혈을 기울여 내놓는《매천야록》이 주는 의미는 몇 가지로 요약된다.

첫째, 혼미한 구한말 비판적인 정세의 기록들을 소설화해서 쉽게 읽을 수 있게 해준 일, 이것이 무엇보다 큰 공적이라고 볼 수 있다.

둘째, '조선은 이렇게 망했다!'는 부제가 너무나 자극적이면서도 크고 교훈적이라는 점이다.

셋째, 이 책은 매천 황현 선생의 선비정신을 드러내 '매천야록'이 전하고 싶은 메시지를 세부적으로 나누어 자연스럽고 분명하게 소설화시켜 전하고 있다는 사실이다.

넷째, 이 작품 속에는 짙은 향토색을 느낄 수 있게 해 주는 요소가 있다. 예를 들어 지리산 매천 향기로 풀어내고 있는 민족혼은 오늘 표류하고 있는 우리 민족의 뿌리 역사와 배달민족 정신의 정체성을 깨우치고 있다는 점이 너무나 교훈적이다.

다섯째, 이 책에서 논의하고 있는 '나라 위한 구국 일념' '신라의 화랑도와 일본의 무사도' 는 민족정신의 진흥을 위한 값지고 고귀한 공로로 평가하고 싶다.

이토록 어려운 작업에 도전한 한승연 작가의 소설 《매천야록》은 그동안 펴낸 수많은 작품과 그 정신의 맥을 같이 하고 있지만 새삼 놀랍게 하는 것은, 그녀가 지리산 정기를 받고 태어난 작가로서 지리산 자락을 무대로 후진 양성에 심혈을 기울여 온 매천 황현 선생이 그처럼 애태우며 우리에게 전해 주고 싶어 했던 '민족혼' 을 세상에 알리고 또 그 정신을 함양시키고 있다는 점이 참으로 우연의 일치처럼 놀랍지 않을 수 없다.

필자 본인의 호 역시도 '매산(梅山)' 이므로 매천에 대한 강한 매력을 느끼고 있던 차에 이번 한승연 작가의 감동적인 작품을 보면서 다시금 가슴이 뛰게 된다.

이 책은 우리 민족 뿌리 역사의 정체성과 민족혼을 일깨워주는 교훈적인 내용으로서 우리 국민들이 반드시 읽어야 할 책이라고 믿고 필독을 권한다.

2009년 10월 5일

역삼동 서재에서

민족혼을 일깨워 주는 교훈서

소설 **매천야록** 下
梅泉野錄
한승연 역사소설

신판/ 372쪽/ 한누리미디어 간

...국은 측량할 수 없이
...넓은 이해를 가지고
...리를 너그럽게 용서하며
...없는 인내로
...다리는 것이다.
...래서 조국은 더 없이
...고한 것이다.

민족혼을 일깨우다

松山 이 선 영
(고조선역사문화재단 총재)

　진리란 잘 정리된 철학자의 논리도 아니며, 보통 사람들의 생활 속에서 발견된 참 진리에 근접할 수 있다는 평범한 생각이다. 조선 말기 3대 문장가였던 매천 황현 선생의 《매천야록》을 이 시대 우리에게 알기 쉽게 풀어 잠들어 있는 우리 민족혼을 일깨워 주는 이 역저를 한승연 님의 노고로 세상에 내어놓게 된 것을 진심으로 축하한다.

　저자 한승연 님은 2008년 고조선역사문화재단에서 수여하는 제5회 단군문학상을 수상한 민족작가이다. 그는 '내가 새벽을 깨우리로다' 라는 사명자적인 인격을 가지고 그동안 장편소설, 사상서, 시집, 수필집 등 수많은 저서를 통하여 민족혼을 불러일으키는 데 이바지해 왔다.

어느 시대나 집권층이 분열되고 자기 개인의 영달만을 추구하는 시대는 멸망한다는 평범한 진리를 《매천야록》을 통하여 인식하였으면 한다. 인도의 시인 타고르는 한국을 두고 '동방의 등불' 이라고 했다. 나라가 일제의 강점으로 숨도 제대로 쉴 수 없는 시기였다. 조국은 국민에게는 생명과도 같다. 금수강산이라고 불리는 이 땅은 전쟁으로 황폐해지고 지금 북쪽에서는 한 겨레 한 민족인 북한 동포가 굶주리고 있다. 지금 나의 조국은 허리가 잘린 반신불수가 되어 있다.

통일은 이 시대를 살고 있는 우리의 사명이자 조국의 지상명령이다. 통일을 이루지 못하고는 조국을 사랑한다고 말할 수 없다. 나를 사랑하고, 내 이웃을 사랑하고, 우리가 사는 이 터전을 사랑하는 것이 조국을 사랑하는 길이라고 생각한다.

우리의 터전이며 우리가 언제까지라도 지켜야 할 살림터, 괴롭거나 즐거워도, 좋거나 나빠도 이 터전을 떠나서는 우리는 살 수가 없다. 조국은 측량할 수 없이 폭 넓은 이해를 가지고 우리를 너그럽게 용서하며 한없는 인내로 기다리는 것이다. 그래서 조국은 더 없이 숭고한 것이다.

이 저서는 우리 민족 뿌리 역사인 환웅천황시대부터 언급함으로써 민족혼의 정체성을 일깨우는 데 교훈적인 기독교와 유불선의 모든 종교의 벽을 헐어 버리는 데 노력한 역사적인 역저인 만큼 우리 국민 모두의 필독서가 되길 바라며, 우리 민족 미래의 희망인 청년제군에게 특히 필독서가 되기를 권한다.

2010년 8월 15일

공덕동 서재에서

5변형판/ 108쪽/ 한누리미디어 간

5변형판/ 108쪽/ 한누리미디어 간

오늘 네 모습을 보면
생을 알고
늘 네 생각을 보면
음 생이 보인다"고 한
 말씀이 오늘따라
찰의 시간과 함께
은 생각을 하게 해 준다.

오늘도 살아 있는 존재 이유

편집부

불가에서 말하는 윤회, 그것이 인과응보에 따른 삼세인과법(三世因果法)이라고 하던가. 그 이치를 설하신 석가부처께서 "오늘 네 모습을 보면 전생을 알고 오늘 네 생각을 보면 다음 생이 보인다"고 한 그 말씀이 오늘따라 성찰의 시간과 함께 많은 생각을 하게 해 준다.

어쩌면 작가 한숭연이《오늘도 살아 있는 존재 이유》이기도 한 대명제인데 그것이 모든 사람마다 이 세상에 타고난 운명론으로 하여 물은 물길 따라 흐르며, 오이씨는 오이를 낳고, 호박씨는 호박을 낳는다는 자연의 이치에서 청담

스님이 설한 '산은 산이요, 물은 물이로다' 가 새삼 실감나는 순간이다.

그 뜻은 인간 역시도 자연의 일부로 그 한계를 나타내 주고 있는 것으로서 그러한 자연법칙에서 의해서 인간은 생멸변화를 거듭하고 있다는 것이다. 그러면서 현상세계가 색계라, 인간 육신의 본능이 오욕칠정으로 갈등과 분열을 초래하면서 죽음이라는 그 틀 속에서 벗어날 수가 없는 존재이지만, 그러한 동물적 속성에서 벗어날 수 있는 고유한 인식의 감각기관이 내재되어 있으므로 고등동물이라고 한 것이다.

그 감각기관을 통해서 공이라는 영묘한 무한의 세계가 있음을 깨달으라는 가르침이 불가에서 말하는 색즉시공 공즉시색으로 눈앞에 펼쳐져 있는 현상세계에만 갇혀 있지 말고 고차원적인 영원무궁한 세계가 있음을 인식시킨다. 현상세계만을 추구하던 동물적 속성의 의식이 새로이 무한함의 세계, 우주의식으로 바꾸어진다는 것이 종교 스승들의 한결 같은 가르침으로 그 말씀을 듣고 갇힌 의식에서 어서 깨어나라! 했을 때 비로소 색계만을 추구하던 동물적 속성에서 벗어나게 되고 영원무궁한 우주 생명체로 탈바꿈되어 만물을 다스리는 영장체가 된다는 것이다.

그 진리의 말씀에서 '거듭남을 입으라!' '탈겁 되어져라!' 이르는 것은 죽을 수밖에 없는 어둠의 자식들에게 주는 축복으로써 인류구원을 위해 세상에 출현했다는 성현들의 가르침대로 오직 변하지 않는 그 하나는 진리의 말씀뿐이라고 한 것이다. 그 진리가 우주와 만물을 창조했다는 태초의 빛, 그 우주 원소의 말씀 Logos로 듣고 깨닫는 자는 영생을 얻으리라.

신판/ 320쪽/ 도서출판 우리책 간

계 인류역사상 7대 성현들
수, 석가, 마호메트,
크라테스, 공자, 노자,
자의 사상과 행적을
시대 우리들에게 알기 쉽게
구한 탁월한 사상서이다.

인류와 민족혼의 진작, 정체성 탐구

松山 이 선 영
(고조선역사문화재단 총재)

   이 저서는 인문사회과학의 기본이 되는 학문인 문·사·철(文史哲)이 가장 잘 정리된 논리적 사상서이다.

   성자 예수 친자 확인 소송을 통하여 과연 예수는 서양 신학자들이 주장하는 이스라엘 민족신 여호와 하나님과 동격인 인자인가?

   예수는 본자연하신 여호와 이전의 하나님이신가를 우리들에게 쉽게 풀어 잠들어 있는 인류와 우리 민족혼을 일깨워 주는 이 저서를 한승연 님의 노고로 상재하게 된 것을 축하한다.

저자는 2008년 '고조선역사문화재단'에서 수여하는 '제5회 단군문학상'을 수상한 민족작가이다. 그는 '내가 새벽을 깨우리로다'라는 사명자적인 인격을 가지고 그 동안 장편소설, 사상서, 시집, 수필집 등 수많은 저서를 통하여 민족혼을 불러일으키는 데 이바지해 왔다.

이 저서는 세계 인류역사상 7대 성현들 예수, 석가, 마호메트, 소크라테스, 공자, 노자, 장자의 사상과 행적을 이 시대 우리들에게 알기 쉽게 탐구한 탁월한 사상서이다. 많은 성경 구절을 제시하면서 '예수 그리스도가 이 땅에 온 목적이 무엇이고, 그는 누구인가?'라는 중요한 메시지를 전하고 있다.

또한 예수 출생의 신비와 공생활 3년을 제외한 지상에 머무신 33년의 세월 속에서 13세에서 29세까지 16년을 동양에 즉, 인도에 머물면서 진리를 깨달아 결코 환영받지 못하는 이스라엘로 돌아가 십자가에 달리신 예수의 큰 뜻도 전하고 있다.

저자는 본자연하신 예수, 대자연하신 석가, 자연하신 마호메트, 소크라테스, 공자, 노자, 장자 등은 시대의 사명감에 따라 지상에 온 자들이라는 주장이다.

세계 7대 성현들을 요한 계시록 속에 인봉하라는 하나님의 일곱 영에 맞추고 그들의 근본 뿌리는 같은 진리체 성자들이었음을 논리적으로 주장하는 저자는 성부·성자·성령의 성삼위 일체론을 우리 동양사상의 삼태극 원리로 비유 분석하고, 우리 민족 고유의 삼산사상과 비교하여 일원화시킨 인류문화의 새 지평을 열어갈 수 있고, 세기적 변혁을 가져올 수 있는 역서이다.

우리 민족의 발생지이며 요하문명의 태동지 내몽골지방의 적봉에서 홍산문화는 인류 시원의 문명과 맥을 같이 할 수 있는 것을, 세계 4대 문명보다도 2000년 이상 앞선 것을 고조선 유적 답사를 통하여 확인한 바 있는 본인으로서는 우리 민족이 동방의 밝은 빛, 인류의 빛이 될 천손민족임을 확인할 수 있었다.

저자는 우리 민족만이 가지고 있는 '천부경'을 간단하게 언급함으로써 우리 민족은 천손민족으로 형이상학적으로 해석하고 있다. 천부경과 '삼일신고'는 앞으로 많은 연구와 해석이 요구되고 있다.

이 세상의 모든 사상이나 종교는 인류의 보편적 가치인 자유 · 평등 · 박애 · 자비의 구현일진대, 이 역저가 인류와 우리 민족의 정체성을 일깨우는 데 크게 공헌하게 될 것으로 믿는다.

2011년 10월

이선영
고조선역사문화재단 총재

A5판/ 244쪽/ 한누리미디어 간

우리 민족은 환웅천황께서
백두산에 신시를 열고 나라를
세운 천손민족으로 단군왕검이
세운 고조선시대에 이르기까지
홍익인간, 이화세계의 이념으로
치화하여 왔으며, 인류역사에
평화를 사랑하고 무궁화꽃을
사랑하는 평화민족으로
성장 발전하여 온 민족인 것이다.

민족의 비전을 제시하다

松山 이 선 영
(고조선역사문화재단 총재)

　민족작가이신 한승연 님의 《배달 한민
족 상징의 꽃 무궁화를 아십니까?》를 우
리 민족 앞에 상재하게 된 것을 진심으
로 축하한다.

　인류의 정신세계를 지배하는 이 세상
의 모든 종교는 그 시대의 사명자로서,
지상에 내려온 진리체로서 그 민족 뿌리
역사와 깊은 관계 속에 발전되어 왔다.

　우리 민족에게 21세기 세계문명사에
큰 빛을 전하게 한 기독교는 우리 민족
조국 근대화에 큰 영향을 끼친 것은 부
인할 수는 없으나 구약의 이스라엘 민족
역사가 우리 민족 역사와는 합쳐서도 안

되고 혼동하여서도 안 될 것이다.

국가마다 다소의 차이는 있으나 나름대로의 뿌리 역사가 존재하고, 세계의 각 민족은 그 민족 각각의 뿌리 역사 속에서 성장 발전되어 오고 있는 것이 현실이다.

우리 민족은 환웅천황께서 백두산에 신시를 열고 나라를 세운 천손민족으로 단군왕검이 세운 고조선시대에 이르기까지 홍익인간, 이화세계의 이념으로 치화하여 왔으며, 인류역사에 평화를 사랑하고 무궁화 꽃을 사랑하는 평화민족으로 성장 발전하여 온 민족인 것이다.

저자 한승연 님은 민족작가로서 그동안 수많은 저서를 통하여 우리 민족의 정체성을 일깨우는 데 이바지해 왔으며, 이번에도 그가 혼신을 다 바쳐 저술한 이 역저 또한 민족의 비전을 제시하고 우리 민족의 정체성을 일깨우는 데 크게 공헌하게 될 것으로 믿으며, 독자 제현들께 일독을 권한다.

2012년 4월 20일

A5신판/ 320쪽/ 한누리미디어 간

A5신판/ 320쪽/ 한누리미디어 간

천계탑

편집부

   한승연 작가가 철학적 사유의 세계에서 자신의 인생사를 절묘하게 산입시켜 스스로의 인생역정을 구도자의 입장에서 심도 있게 묘파한 자전대하소설《천계탑》1, 2. 두 권의 장편소설로 나누어 엮었는데 한승연 작가가 추구하는 종교적 삶에 그의 인생사를 평행 배치한 것이 여느 성인의 일대사를 들여다보는 것 같아 매우 흥미롭다.

   일찍이 우리 배달 한민족 조상들은 그 뿌리 세움에서부터 서양 민족과는 달리 하늘 천법을 배워 온 하늘 제사권을 부여 받은 천손민족으로서 이웃 민족과 조화를 이루어 상생함으로써 동방예의지국이라는 칭송을 받아왔다. 그리고 우리 조상들의 정신문화를 이룰 수 있게 하였던 홍익대법의 조화사상으로 하나님의 뜻이 이 땅에서 이루어진다는 그때에 다시 발원하여 우리나라가 세계 중심의 스승국으로서 그 영적 중추 역할을 한다는 것이 현자들의 비결서에 담겨져 있다.

그런데 그와 같이 지구촌을 평화롭게 하는 구원의 빛이 놀랍게도 혼란과 분열의 시대에 상극과 대립이라는 사상적인 비극으로 그토록 피흘림이 심했던 호남 땅, 예(禮)를 구(求)한다는 구례(求禮)에서 지리산맥을 타고 발원하게 된다는 것이다. 그 발원의 불빛이 바로 인류 구원의 화엄기운(華嚴氣運)으로서 불타께서 말씀하신 그 화엄경을 토대로 피어난다는데 바로 신라의 선덕여왕이 세워 놓은 지리산 화엄사에서다. 그처럼 지구촌 인류가 조화를 이루게 될 풍요의 터전이 구례 지리산맥을 중심으로 세계의 주역이 될 것이라니…. 일찍이 그와 같은 하늘의 뜻이 예정되어 있었다는 지리산의 생기는 태초 천지만물을 창조하셨다는 하나님, 그 우주 에너지 빛으로 만물을 생성시킨 고차원적 천기와 지기가 뭉쳐 있다는 칠보배합(七寶配合)의 보물산이라고 하였다.

더불어 장엄하고 신령스런 대기운이 세계 칠대 성현들이 한결같이 예언해 온 지상낙원 본원이 된다는 곳, 천지개벽의 말법시대에 정도오령(正道五靈) 진리의 말씀이 그 찬란한 화엄의 운기가 충만한 미륵포태(彌勒胞胎)의 기운으로 그 생기 넘치는 지리산자락에 그 칠보궁전 '천계탑(天界塔)'이 세워지게 된다니, 그 예언이 현실화 될 것을 믿어 의심치 않는다.

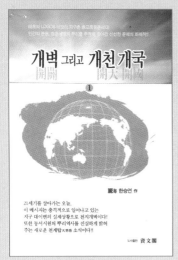

A5신판/ 330쪽/ 도서출판 자문각 간

현대적 인식과정에 있어서
서구 신학자들의 종교논리는
신과 인간을 이분법으로
분리시켜 인간의 가치 기준을
크게 흔들어 놓는
오류를 범하고 있다고
작가는 피력하고 있다.

동서문화의 상보적 융합

梅山 유 종 해
(전 연세대 행정대학원장 · 연세대 명예교수)

　이 저서《개벽(開闢) 그리고 개천(開天) 개국(開國)》은 지금까지 대립적인 종교문제 이외에도 지구촌 동서민족(東西民族)의 뿌리역사를 이해하는 데 지식적으로나 영성적(靈性的)으로 많은 도움을 주고 있다. 그렇기 때문에 널리 적용될 수 있을 것임을 믿어 의심치 않는다. 내가 알고 있는 한승연 작가는 평소에 우리 한민족 '뿌리찾기'나 종교적인 '제 모습 되찾기'에 심혈을 기울여 온 작가로서, 그의 작품 세계는 언제나 그렇듯이 많은 생각을 안겨주곤 했었다.

　그런데 이번에 아무나 선뜻 그 엄두조

차 내지 못하는 대작 《개벽(開闢) 그리고 개천(開天) 개국(開國)》이란 역작을 내놓았다. 이 제목이 주는 인상은 작가가 서양 또는 동양철학가들만이 다룰 수 있는 큰 문제를 여류작가로서 감히 펴낸다는 것이 참으로 놀랍고 경탄을 금할 길이 없다.

작가는 지금까지 지구촌에 독보적 권위를 앞세우던 서구식 과학문명이 이제 그 한계를 드러내고, 동서문화(東西文化)의 상보적 융합이 시작되는 역사적 전환기에 들어와 있음을 이 작품에서 강조하고 있다.

특히 서양에서 태동된 서구신학의 '민족주의적 우월성의 추구' 라든가 타민족을 지배하기 위한 '패권주의적 정당성 확보' 같은 종교논리는 기독교 스승의 정신에 위배됨으로 새롭게 재정립되어야 한다는 그 문제점을 낱낱이 지적하고 있다. 뿐만 아니라 지구촌에 산재해 있는 동서민족(東西民族)의 시조(始祖)와 개천(開天) 그리고 개국(開國)에 대한 뿌리역사와 문화를 전래되어 온 수많은 고문헌과 성경 구약과 신약을 바탕으로 그 진실을 새롭게 재조명하고 있음은 매우 뜻깊은 일이라 하겠다. 그 이유는 오늘날의 인식체계에 입각하여 지구촌에 대립적인 종교통일의 논리를 합리적으로 자연스럽게 교감할 수 있도록 설득력을 주고 있기 때문이다. 특히 현대적 인식과정에 있어서 서구 신학자들의 종교논리는 신과 인간을 이분법으로 분리시켜 인간의 가치 기준을 크게 흔들어 놓는 오류를 범하고 있다고 작가는 피력하고 있다. 사실 지구촌 물질문명을 발전시켜 나온 서양의 소위 '과학적 합리성' 과 '자유의 무제한성' 은 비록 그것으로 인하여 현대문명의 혁혁한 발전이 있었음에도 불구하고, 이제 그 자체 속에 내재하고 있었던 모순 때문에 재고되지 않을 수 없게 되었고, 그 유효성의 한계도 뚜렷해졌다.

돌이켜 보면 코페르니쿠스 이래의 지난 500여 년 동안 과학은 걷잡을 수 없이 가속적으로 전지전능하여졌고, 진보적 인간이라고 자처하는 사람들은 균형과 조화란 단어들을 비웃으면서 개체 또는 집단적 이기주의에 사로잡혀 고도로 지능화되고 만능화가 되었다. 그 결과 인류의 문명 발달과 인간의 편의 증진에 도움을 준 건 사실이지만, 반면에 고급 정신문화의 인간화에 있어서는 득보다 실을 더 많이 양산하였음을 자타가 공인하기에 이르렀다. 핵무기, 공해, 환경파괴 등이 그 좋은 예들이다. 서양의 극도로 전문화된 종적 부분성 지식들은 이제 균형과 조화를 전제로 하는 동양의 횡적 보편성 지식 없이는 인류문화의 진흥과 현대문명의 인간화에 기여할 수 없음을 스스로 인식하게 되었다.

그런데 그것이 음양(陰陽) 조화주 하나님의 섭리 가운데 이루어진 천기운행(天氣運行)임을 이 작품 속에서 피력하는 작가의 의도에 새삼 놀라지 않을 수가 없다. 그 문제는 오늘이라는 현실의 존재 그 자체의 존재 경위에 대한 생태학적(生態學的) 문제임과 동시에 사람이 가장 사람다워지려는 지극히 자연스러운 인간본능의 문제이므로 곧 우리 모두의 문제이기 때문이다.

한승연 작가는 원래 기독교 권사를 지낸 독실한 기독교 신앙인으로서 이전에도(2004년) '역사의 수레바퀴'와 그 외에 40여 권의 책을 출간한 출중한 인물로 기독교의 기초 위에 유교, 불교, 도교뿐만이 아니라, 우리 배달한민족의 종교와 철학까지도 통달한 영성적(靈性的)으로 뛰어난 작가라고 평가하고 싶다.

이 책을 읽으면 분단된 우리의 통일이 왜 이루어져야 하고, 또 어떤 역사적 또는 철학적 기초가 필요한지를 힘이 있게, 그리고 논리적으로 피력하고 있어 남북통일의 숙제를 안고 있는 우리들로서는 교파를 초월해서 일독하여야 하는 당위성을 맞게 된다.   (2013년 12월 17일)

백담심 麗海 한승연

진흙밭에 핀 연꽃

붓다께서 세상은 고통의 바다, 고해_{苦海}라고 하셨다네.

오, 진흙밭에 핀 연꽃이여!

신판/ 370쪽/ 한누리미디어 간

늘이 푹 빠져 있는 그런 바다,
보기엔 단조로운 색의 향기가
는 그런 사람 여해(麗海).
끔은 성난 파도의
렁임을 보인다.
가 지금 외치고 있다.

진흙밭에 핀 연꽃

茶玄 현 영 조

(理學博士 · 전통문화연구원 요철요 대표)

　여해(麗海) 한승연 작가는 어떤 사람인가? 그는 아름다운 바다 속에 살고 있는 그런 사람이 아닌가 생각된다. 하늘이 푹 빠져 있는 그런 바다, 겉보기엔 단조로운 색의 향기가 없는 그런 사람 여해(麗海). 가끔은 성난 파도의 울렁임을 보인다. 그가 지금 외치고 있다. 겉모습만 보여주던 여해가 조심스레 해안선을 따라 늘어선 암애(岩厓)를 때리기 시작한다. 드디어 그 내면의 울렁거림이 들여다보인다. 향기 없어 보이던 아름다운 바다 속에 무엇이 들어있는지 궁금해진다.

　잠시 여기서 여해(麗海)의 내면 깊이

에 무엇이 들어있는지를 들여다보기로 하자! 그 속에 지금 우주는…, 지구는 이상한 징조가 보인다. 회상컨대 지구생태계에 인간이라는 미물이 태어난다.

보잘것 없는 미물이 '만물의 영장'이라고? 자연생태계의 모든 생명체들이 웃음을 터트린다. 그 웃음의 의미를 깨닫지 못하는 인간들이 드디어 사고를 친다. 종교라는 이름으로, 더러는 예술로, 과학기술로 변덕을 부리더니 이제는 그 도(道)가 지나쳐서 눈살을 찌푸리게 한다.

예컨대 공자, 노자, 석가모니, 예술, 마호메트 운운하면서 인의예지(仁義禮智), 자비(慈悲), 사랑(愛)으로 포장한다. 그런데 이상한 것은 그럼에도 불구하고 인간은 행복하지가 않다. 그처럼 수많은 종교가 있음에도 불구하고 인류는 갈등과 분쟁으로 행복에서 멀어지고 있다. 왜 그럴까? 그것은 아마 시작(Alpha)과 끝(Omega)이라는 그 언어가 종교적일 뿐 인간적이지 못하기 때문이 아닐까? 즉 인간의 약점을 이용(?)한 종교가 인간을 긴장시키고 있다고 느낀다.

특히 유럽식 서양종교가 역사과정에서 종교개혁을 경험한 바 있듯이 세계화 되고 우주화 되어져가고 현실을 감안할 때 종교 역시도 현대적 언어로 정의되고 새로운 면모로 해석되어져야 한다고 생각한다.

같은 맥락에서 경제 위주의 환경과 문화에서 경제와 종교가 충돌하는 또는 경제와 종교가 야합하는 현실에서 새로운 대안이 필요하다고 생각된다. 따라서 이와 같은 현실에서는 환경적 언어로 바이러스(Virus)와 문화적 언어로 테러에 관심을 가져야 한다. 즉 바이러스는 환경의 균형, 테러는 문화의 배려가 존중되어져야 한다고 생각한다. 균형이 깨어진 환경은 바이러스가 기승하여 어쩌면 인류가 지구를 떠나야 될지도 모른다는 것을 한 번쯤 생각해 보게끔 해 주기 때문이다.

금세기의 핵심적인 인류의 언어는 환경과 문화를 상생시키는 인간적이면서 과학적으로도 공감대가 형성되어져야 한다고 생각할 때, 오늘 세계 속에서 유일하게 우리의 한글이 과학적이라고 인정을 받고 있다는 사실이 참으로 놀랍지 않을 수가 없다. 이러한 현실을 이해한 탓인지 작가 여해(麗海) 선생은 혼돈 속에서 길을 묻는 사람들에게 '다시 뜨는 동방의 등불'을 밝히고, 《진흙 밭에 핀 연꽃》으로 길을 안내한다.

내용인즉 천지인(天地人)이 '한 틀' 속에서 운행되고 있기 때문에 갈등과 대립이 없이 서로가 조화를 이루어야 한다는 우리 한민족 조상들의 홍익인간(弘益人間) 이념의 사상을 리뷰(Review)하면서 유럽식 종교의 실체를 벗기고 있다. 그러한 손놀림은 각종 종교서적의 섭렵과 함께 직접 다양한 경험이 정리되어 실질적인 길을 안내하고 있는 셈이다. 특히 성경 구절들을 인용하면서 길을 잃은 사람들에게 생명의 근원인 대우주와 연결된 '나'라는 생명의 실체, 그 뿌리를 오늘 바로 볼 수 있도록 도움을 주고 있다는 사실이다.

세상을 살아가면서 우연히 만나게 된 그와의 만남이 새삼스럽게 '신의 선물'이었음을 깨닫게 한다고 전제하면서…, 길을 묻는 사람들에게 《진흙밭에 핀 연꽃》 그 깊이를 관조하고 따라가는 눈빛들이 되어 주었으면… 하는 마음으로 이 글을 제시한다.

여해 선생의 외침이 섬광처럼 뇌리를 강타하면서 오늘 우리 정부나 국민이 다 같이 함께 찾아가야 할 방향 제시를 정확히 해 주고 있기 때문이다. 그것은 이처럼 어지럽고 혼탁은 이 시대에 참으로 놀라운 신의 축복이 아닐 수 없다. 나 역시도 그 외침에 공감대를 크게 느끼면서 여해 선생의 그 동안의 노고에 찬사와 감사를 보낸다. 녹차로 오장(五臟)을 적시면서….

(서울 종로 경운동 서재에서)

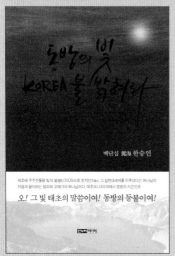

A5신판/ 243쪽/ 한누리미디어 간

어둠의 역사에 의해
왜곡된 우리 한민족의
뿌리 역사의 진실과
그 정체성을 바로 찾아
회복시켜야 한다, 라고
설파하는 작가의 주장이다.

동방의 빛 코리아여!
불 밝혀라

松山 이 선 영
(고조선역사문화재단 총재)

　우리 민족은 자고 이래로 천 번 가까운 외세의 침략을 당했으나 끈질긴 인내와 생명력으로 민족역사를 유지 발전시켜 왔다.

　이것은 우리 민족만이 가지고 있는 천손민족으로서의 자긍심과 한사상으로 위기 때마다 대동단결하는 선비사상이 있었기 때문이다.

　또한 우리 민족은 일만 년 가까운 세월 동안 세계문명의 주도세력으로서 존재해 왔으며, 심성이 천부사상으로 무장

되었기 때문에 질긴 생명력으로 민족역사를 유지 발전시켜 올 수 있었던 것이다.

우리 민족의 발상지이며 요하문명의 태동지인 내몽고지방의 적봉에서 바라본 홍산문화는 인류시원의 문명과 맥을 같이 할 수 있는 것을, 세계 4대 문명보다도 2000년 이상 앞선 것을 고조선 유적답사를 통하여 확인한 바 있는 본인으로서는 우리 민족이 동방의 밝은 빛, 인류의 빛이 될 천손민족임을 명백하게 확인할 수 있었다.

노작가 한승연 님은 2008년 '고조선역사문화재단'에서 수여하는 '제5회 단군문학상'을 수상한 여성 민족작가이다. 그는 사명자적인 인격을 가지고 우리 민족의 근현대사를 작가 자신이 겪은 질곡의 세월만큼이나 섬세하게 장편소설, 사상서, 시집, 수필집 등 수많은 저서를 통하여 그동안 민족혼을 불러일으키는 데 이바지해 왔다.

"우리 민족 역사 이래로 전래된 외래 종교가 세계에서 유례를 찾아볼 수 없을 만큼 사이 좋게 공존하고 있는 우리 문화는 천혜의 땅 반도라는 지정학적 토대 위에 선조이신 환웅천제님 천지인 합일체의 우주대도정신이 조상뿌리에서부터 심어져 왔기 때문에 그처럼 조화를 이루어낼 수가 있었다"고 주장하면서 우리 민족은 그런 면에서 볼 때 21세기는 전 세계가 한반도를 중심으로 움직이는 슈퍼 팍스 코리아나(Super pax-Koreana)시대가 열리게 될 것임을 시사해 주고 있는 변화의 시점에서 우리 정부나 국민이 무엇보다도 먼저 정리해야 할 문제는 어둠의 역사에 의해 왜곡된 우리 한민족의 뿌리 역사의 진실과 그 정체성을 바로 찾아 회복시켜야 한다, 라고 설파하는 작가의 주장이다.

그렇다. 인류의 역사가 시작된 이래로 역사는 바른 길을 가는 민족에게만 존재해 왔으며, 역사에서 소멸되는 것은 지도층의 부패에서 기인

하였던 것을 우리는 국내외사적으로 수없이 보아왔다.

우리의 터전이며 우리가 언제까지라도 지켜야 할 살림터인 내 조국, 괴롭거나 즐거워도, 좋거나 나빠도 이 터전을 떠나서 우리는 살 수가 없다. 조국은 측량할 수 없는 끝없는 이해를 가지고 우리를 너그럽게 용납하며 한없는 인내로 기다리는 것이다. 그래서 조국은 더없이 숭고한 것이다.

다시금 강조하건대 이 저서는 한승연님의 조국에 대한 사랑의 '노스탤지어' 인 것이다.

또한 이 저서는 한승연 작가가 마지막으로 우리 민족에게 보내는 비전의 제시이며 환상의 절규이고 역사의 서막인 것이다.

그리하여 이 저서는 우리 민족의 정체성을 되찾는 데 이바지할 훌륭한 명저인 만큼 우리 국민 모두의 필독서가 되기를 성심으로 기대해 본다.

2016년 10월 25일

아현동 서재에서

한승연 지음

지구촌 빛과
어둠의 역사

백두대간 천혜의 땅!
배달한민족 위기를 극복하는
희망의 메시지!

5신판/ 320쪽/ 한누리미디어 간(근간)

|번에 펼친 《지구촌 빛과
|둠의 역사》를 요약하면,
|째 거시적 안목으로
|다는 점이다.
| 내용의 논의는
|반도를 국한하지 않고
|술대상을 지구촌을 통합하여
|치는 작가의 의도가
|으로 놀랍기만 했다.

지구촌 빛과
어둠의 역사

유 종 해

원로 행정학박사 · 연세대 명예교수
미시간대 정치학박사

　내가 오랜 동안 글을 통해 잘 알고 있는 麗海 한승연 작가가 지리산 밑에 칩거하여 세인이 깜짝 놀랄 책을 준비하고 있다고 들어, 기대를 하고 있던 중 얼마 전 상경해서 그 원고 뭉치를 내 서재에 두고 갔다. 제목이 《지구촌 빛과 어둠의 역사》이며, 한국이 장차 Super Pax Koreanna를 주도하는데 그 내용을 12개의 장으로 나누어 저술하였다. 대단한 업적이다.

　원래 한승연 작가는 여류작가로서는 도저히 생각할 수 없는 역사적, 종교적,

그리고 매우 철학적, 심지어는 역학적인 선이 굵은 시와 소설 등의 작품을 그동안 써왔다.

　한 작가의 그동안 업적은 대단하다. 간단히 정리해 본다면, 1986년 데뷔작 《바깥바람》을 시작으로 하여 이데올로기 해부작 《그리고 이브는 숲을 떠났다》에 이어 배달한민족의 뿌리역사 《개천 그리고 개국》을 펼쳐냈으며, 한반도의 주변 열강 역학관계를 분석한 《심상의 불길》 그리고 신과 인간의 고리 《우주 통일시대 α & Ω》, 사람과 도인의 분석작 《묵시의 불》, 배달민족 가무의 파노라마, 그 풍류문화를 조명한 《꽃이 지기 전에》, 광복 후의 역사와 반역사를 분석한 《역사의 수레바퀴》에 이어서 《성서로 본 칠성님의 비밀》과 '조선은 이렇게 망했다' 는 그 시대배경 《매천야록》을 소설화 하였으며, 배달민족 상징의 꽃 《무궁화를 아십니까?》 그리고 말법시대의 기적 《진흙밭에 핀 연꽃》에 이어 《동방의 빛 Korea 불 밝혀라》 등 상당히 무게가 있는 작품들을 집필하여 내놓았다.

　그런데 이번에 펼친 《지구촌 빛과 어둠의 역사》를 요약하면, 첫째 거시적 안목으로 썼다는 점이다. 그 내용의 논의는 한반도를 국한하지 않고 저술대상을 지구촌을 통합하여 펼치는 작가의 의도가 참으로 놀랍기만 했다.

　둘째 작품이 매우 창조적이다. 예를 들면 서양의 대칭이 되는 용어를 용감하게 그리고 조직적으로 비교하여 우리 동방의 한민족 문화는 천상의 풍류문화로 서양의 문화보다 앞서고 우수하다는 주장을 하고 있다. 매우 설득력이 있다.

　셋째 한 작가의 그동안의 작품은 사물을 매우 긍정적으로 본다는 데 있다. 이번 작품에도 그런 흐름이 확실하게 펼쳐지고 있다.

특히 박정희 대통령이 이룩한 '한강의 기적'이 비단 경제적인 민족의 중흥뿐만이 아니고, 세계 속에 최빈국가에서 단시일 내에 선진국으로 끌어 올린 한민족의 기적과 역량의 기적을 실례를 들어 우리 민족이 유능하여 지구촌의 빛이 될 것을 성서를 바탕으로 설득력 있게 설명한 점이 행정학자로서 높이 평가하고 싶다.

다시 말할 필요 없이 18세기는 영국시대 Pax Britanica였고, 19~20세기는 미국의 시대 Pax Americana였으며, 21세기는 한 작가의 주장과 같이 Pax Koreana 바로 한국의 시대가 될 것인즉, 한민족의 역량, 즉 한국인의 기질 등을 서양인과 비교 구별하면서 높이 평가하고 있다는 점이 새삼 놀랍지 않을 수가 없다.

한 작가의 작품에서 세계의 평화는 동방의 나라 한국의 빛으로 실천된다는 그 애국적인 주장이 가슴을 뭉클하게 하면서 새삼 놀랍지 않을 수가 없다. 특히나 이 작품《지구촌 빛과 어둠의 역사》는 남북분단으로 신음하고 있는 오늘, 우리 국민들에게 필독의 명저 길잡이가 될 것을 믿고 일독을 권하며, 이토록 어려운 작업에 심혈을 기울여 온 한승연 작가의 노고에 아낌없는 찬사를 보내는 바이다.

한 작가의 글을 읽으면서 이제는 고인이 된 박정희 대통령 각하에게 올렸던 추도사를 다시 꺼내어 읊조려 보게 해 주었다.

추도사

오늘로서 서거하신 지 39주년이 되었습니다. 삼가 평소 박 대통령을 존경해 온 한 행정학자가 각하의 영전에 섰습니다.

대통령께서는 이 나라의 근대화에 집중적인 정성을 들여 한강의 기적을 이루셨고, 그 덕으로 현재 우리들은 세계 어디에 가도 인정받는 선진국 대열에 섰습니다. 우리가 누리고 있는 세계 최고 생활수준의 질도 박 대통령께서 만들어주신 기반에서 이루어진 것이오니 다시금 감사의 마음을 표합니다.

각하께서 그토록 정성을 들이신 노력은 지난날 중국의 등소평, 그리고 싱가폴의 이광요 총리가 박 대통령의 경제적 업적, 애국심, 검소한 생활, 강인한 인품을 매우 높이 칭찬한 바 있었습니다. 진실로 각하께서는 우리 국민의 마음 속에 매우 높은 긍지를 심어 주셨습니다.

서두(書頭)에 제가 행정학자라고 소개한 데에는 이유가 있습니다. 각하께서는 행정학 분야에서 지대한 공적을 세우셨습니다. 한국행정학 선진화의 주역이십니다. 그 중에 몇 가지만 소개하면서 마음 속에서 우러나오는 감사의 말씀을 올리는 바입니다.

먼저 대통령께서는 우리나라를 경제개발하기 위해 경제개발 5개년 계획을 세우셨습니다. 그리고 그를 실천하기 위한 구체적인 방안으로서 1961년 7월 22일 경제기획원을 만들었고, 기획처와 부흥부를 통합하는 그야말로 한국행정 근대화의 선두에서 진두지휘하셨습니다.

그 다음으로 행정문서의 가로쓰기를 1961년 10월 시행하여 그동안 일본식 세로쓰기를 바꾸는 영단을 내리셨습니다. 이는 참으로 중차대하고 빛나는 행정의 근대화적인 단면입니다. 동시에 대통령께서는 한글 타자를 개발하도록 장려하여 공문서의 근대화, 그리고 곧 이어 발전한 정부 전산화에 앞장을 서셨던 공로자임을 제가 알고 있기 때문에 높이 평가하고 싶습니다.

계속해서 대통령께서는 1961년 10월 조달청 ALW 조달특별회계를 신설하여 당초 외자만 구매하던 외자청을 정부 내자구매까지 할 수 있도록 조달청으로 확대 개편하셨습니다.

박 대통령께서는 또한 복식 부기에 익힌 회계제도 채택으로 대한민국 정부제도의 현대화를 추진하고 선도하셨습니다. 뿐만 아니라 박 대통령께서는 1962년 1월 기금제도를 도입(예산회계법)함으로써 대한민국이 장차 필요한 재원확대 방안을 마련하여 우리나라의 수입과 지출을 직접 연계하셨습니다. 박 대통령의 혜안이 없으셨다면 이런 일이 준비되지 못했을 겁니다. 더욱 중요한 것은 오늘날 힘을 많이 쓰는 감사원을 1963년 3월에 설립하셔서 회계를 담당하는 심계원과 공무원 기강을 다루는 감찰위원회를 새롭게 통합하셨습니다.

이 일은 이승만 자유당시절부터 전래된 공무원의 부정과 부패가 매우 심각하여 그를 방지하기 위한 박 대통령께서 내린 대단한 용기와 지혜의 영단이었습니다. 그 부분을 더욱 높이 평가합니다.

거기에 한 가지 더 특기할 일은 박 대통령께서는 공무원소청심사위원회를 1963년 4월에 신설하여 공무원들의 권익보호를 위해 심혈을 쏟으신 그 공적이라고 생각합니다. 거듭 강조합니다만 박정희 대통령께서 5.16 이후, 이 나라의 행정을 세계적인 수준으로 올려놓으신 것은 한강의 기적 못지않게 평가되어야 합니다.

존경하옵는 박정희 대통령님!

오래 전 대통령께서 강조하신 '우리도 노력하면 잘 살 수 있다' 하시면서 발표하신 새마을운동에 심취하여 본인도 대학 새마을 연구소장을 여러 해 동안 맡아 했습니다. 특히 대통령께서 간직하신 그 좌우명이 본인에게는 매섭게 그리고 남을 위해서는 따뜻하라는 고사성어(故事成語) 지기추상(持己秋霜), 대인춘풍(對人春風)의 말씀을 저는 좋아합니다.

대통령께서는 언제나 신상필벌(信賞必罰)과 하늘은 스스로 돕는 자를 돕는다는 그 신념으로 온 국민을 음지에서 양지로 이끌어주신 것을 늘 잊지 않고 있습니다. 근면, 자조, 협동의 새마을운동의 정신은 우리 국민들의 생활을 경제적으로 높여 주었을 뿐만 아니라, 우리보다 못사는 나라 사람들에게 희망을 주었고, 새마을운동의 국제화가 지금도 세계 여러 곳곳에서 전개되어지고 있습니다. 그들은 모두 박 대통령님의 협동정신과 방법론에 감사하고 있습니다.

본인 역시도 대학 새마을 연구소장으로 있을 때 특히 EROPA라고 하는 행정학의 국제연합 공공행정기구에서 이 새마을운동의 우수함을 글로써 여러 번 발표한 바가 있습니다. 또한 행정학회의 규모와 역사로 볼 때, 세계에서 제일 큰 미국 행정학회(ASPA)에서 많은 학술활동을 하는 가운데 우리나라 새마을운동이 많이 발표되고 좋은 호응을 받았습니다.

새마을운동은 박정희 대통령의 창조성 발휘로 인정되어 세상을 떠나신 후에도 활발하게 많은 나라들에게 전수되고 있습니다. 박정희 대통령께서는 대한민국의 정치제도는 자유민주제, 그리고 시장경제 제도를 처음부터 견지하여 한강의 기적을 이루어 내셨습니다. 일본 야노 기념회의 종합통계자료 발표에 따르면 2015년 기준 GDP에서는 한국은 1조 3천 7백 7십 8억 7천 3백만 달러의 소득을 얻게 되었다는 겁니다.

그것은 말할 필요도 없이 박정희 대통령께서 좋은 정치구조와 경제체제를 만들어 주셨기 때문입니다. 그러나 우리 사회 일부에서는 각하께서 독재를 했고, 과거 일제 강점기에 해군사관학교 출신이기 때문에 친일파라고 비난하는 부류도 있습니다. 그러나 그것은 나라가 일본에 빼앗겼던 그 시대상황 분위기를 제대로 알지 못한 말도 안 되는 비방입니다.

박 대통령께서는 남북분단의 통일과업을 이루기 위해서는 외세의 경제지원을 받는 약소국가 형태를 벗어나야만 한다는 오직 그 굳은 신념 하나로 허리끈을 동여매고 국민들이 상상할 수도 없는 경제적 부흥을 일으켰습니다.

그렇게도 고결하신 숨결이 남아도는 뒷자리에 북한이 우리와 우리 민족끼리의 방식으로 통일을 추구해 보자는 눈치를 보였지만 그러나 거기에 문제가 대두되었던 것입니다. 그것은 그동안 북한은 로켓, 그것도 대륙간 탄도탄(ICBM)을 개발하여 미국을 위협했고, 상당한 미사일 핵폭탄도 개발하여 미국과 UN의 규탄으로 공포위기적인 분위기를 만들기도 했었습니다. 그러나 지난 6월 12일 싱가포르에서 미국과 북한이 영수회담을 하여 세계평화가 일단 유지되고 있습니다.

존경하옵는 박정희 대통령님, 이런 국제적 분위기 상태에서 오늘 우리는 과연 어떻게 해야 합니까. 특히나 우리와 북한과의 관계개선에서 그 협의를 놓고 세계평화를 위해 민족통합이 이루어져야 되지 않겠습니까?

오늘 제가 박정희 대통령 각하께서 이룩하신 위대한 업적 중에 그 일부만 말씀드렸으나, 다시 한 번 그 위대함을 상기하면서 각하의 유지를 옮겨 계승하는 우리 대한민국 국민이 되어야 함을 저부터 자각하면서 각하의 영전에서 굳게 맹세합니다.

민족의 통합과 국가발전을 위해 그토록 심혈을 쏟으시다가 비명횡사를 당하신 각하와 육영수 여사님께서 영생복락을 누리시길 간절히 빌면서 추모사를 올리며 기도드립니다.

2018년 10월 26일

초종교 활동 펼치는 여류 작가 한승연

홍익인간, 이화세계는 기독교 정신과 다르지 않아

저술활동을 통해 종교적 담벼락을 허물기 위해 노력하는 여류 작가가 있다.

지리산 자락 남원에 홀로 둥지를 틀고 집필 활동을 통해 우리 민족의 뿌리 정신과 기독교 사상이 둘이 아니고 하나라는 것을 알리기 위해 노력하는 한승연 작가는 올해 77세지만 젊은이 못지않은 기상으로 정열적인 집필 활동을 하고 있다.

사업 하다 진 빚을 갚기 위해 43세의 늦은 나이에 우연히 시작한 글쓰기는 장편소설, 시집, 수필집, 사상서 등 48권을 출간했다. 그만큼 그의 인생은 울긋불긋 곡절 많은 사연을 간직하고 있다. 일제 강점기 수산전문대를 졸업한 부친은 여수에서 원양어선 7척을 보유한 주식회사를 운영할 만큼 집안이 부유했다.

고향 구례에서 맞이한 한국전쟁 때 인민군이 들어오자 아버지는 마루 밑에 숨고 수산고를 다니던 오빠는 갑자기 빨강 완장을 차고 부르조아 타도를 외치는 상황이 일어났다. ㄷ자 형태의 제법 컸던 집은 한 때는 국군의 지휘소로, 인민군이 점령했을 때는 빨치산의 본부로 변했다. 한때 좌익활동을 했던 큰오빠는 부친 덕에 여러 번 죽을 고비를 넘겼다.

전쟁 중에 부친의 어선은 정부에 물자 수송으로 징발됐지만 그 덕분에 한때 멋모르고 좌익활동을 한 큰 오빠는 사지에서 돌아올 수 있었다. 그러나 집안의 생명줄이었던 선박이 1959년 한반도를 강타한 사하라 태풍으로 인해 모두 수장됐다.

한 작가 나이 17살 되던 해, 피를 토하며 죽을 날을 기다리던 차에 기독교 신앙에 투철했던 어머니는 한 작가를 데리고 당시 전국을 휩쓸던 전도관 천막집회에 참여해 하늘을 붙들고 딸의 쾌유를 기원했다. 기도 덕분인지 한 작가는 기적처럼 일어났다. 딸의 기적과 같은 소생에 한 작가의 집은 전도관의 초석이 됐다.

한 작가의 모친은 구례에 감리교 건물을 건축했고 화엄사 암자도 지었다. 고모는 손양원 목사의 전도사로 활동할 만큼 한 작가는 기독교 생활이 몸에 배었다. 그리고 모친은 농지를 판돈을 가지고 한 작가와 함께 신앙촌으로 들어갔다. 그러나 한 작가의 팔에 생긴 상처가 덧났지만 종교적 이유 때문에 병원에 갈 수 없었다. 소식을 들은 식구들에 의해 강제로 신앙촌을 떠났다.

그 이후 서울에 정착한 한 작가는 열렬히 교회를 다녔다. 강남에 마련한 아파트를 통해 번 종자돈을 밑천으로 제주에 산 땅이 재벌의 호텔 부지로 편입돼 받은 보상금으로 6만평의 농지를 샀지만 부도가 나는 바람에 빈손으로 남편과 헤어지게 됐다.

한 작가는 하나님을 향해 "교회를 위해 열심히 일한 내가 왜 망해야 하냐"며 따졌다. 자살을 하기 위해 술을 먹고 차를 몰아 바다로 질주했지만 전봇대에 부딪쳐 살아났다.

마지막으로 죽더라도 이웃에게 진 빚을 갚고 죽자라는 생각에 우연히 라디오 소설 공모전 소식을 듣고 전쟁 멜로물로 응모했지만 떨어졌다. 공모전에서는 떨어졌지만 한 작가의 글을 본 방송작가의 추천으로 월간지 연재가 들어와 글을 쓰기 시작했다. 연재가 끝나면 다시 출판사로 팔려나가면서 약간의 돈을 만질 수 있었다.

월간지에 글을 기고하던 중 우연히 만난 사람으로부터 민족시를 쓸 것이라는 이야기를 듣게 됐다. 그 후에도 민족 종교인들을 만나면서 성경과 우리 전통신앙을 비교하면서 전통신앙관과 성서의 신앙관이 별개가 아닌 하나라는 사실을 발견하면서 민족혼을 일깨우는 글을 쓰기 시작했다.

글을 쓰기 위해 다양한 사람을 만나고 자료를 수집하면서 모든 종교는 하나로 통하고 이분법적 사고로는 통일 후에도 많은 문제가 생길 수 있다는 것을 느낀 한 작가는 성서의 많은 부분이 우리 민족 신앙과 통한다는 것을 알고 책을 통해 초종교 운동을 돕고 있다. 그리고 음란집단으로만 생각했던 가정연합이 전 세계에 걸쳐 가정의 가치를 수호하는 순결운동과 더불어 통일 운동을 한다는 것을 알고 이 운동에도 적극 참여하고 있다.

한 작가는 홍익인간 이화세계는 기독교 정신이라고 말한다. 서양의 이분법적 흑백 논리로는 통일이 돼도 큰 환란이 일어날 수밖에 없어 진리의 일치운동이 필요하다고 말한다. 이어 "우리가 종교백화점을 이루고 있지만 종교 간의 극한 대립이 없었던 것은 홍익인간의 '한얼' 사상 속에 모든 종교가 추구하는 최고의 가치가 들어있기 때문"이라고 말했다.

정 영 찬 기자

ⓒ 세상을 보는 눈, 글로벌 미디어 세계일보

한승연의 作述 약력

장편소설
- 데뷔작《바깥바람》(1986년 3월 5일, 도서출판 남영사)
- 이데올로기 해부작《그리고 숲을 떠났다》(1987년 5월 1일, 도서출판 한멋)
- 여인의 성심리와 사회부조리 고발작《갈망》(1988년 8월 15일, 장원)
- 한반도 역사의 주변열강 역학관계 분석작《개천 그리고 개국》
  (1988년 9월 5일, 도서출판 문학시대사)
- 신과 인간의 고리 그 실체 분석작《묵시의 불》(1989년 1월 10일, 장원)
- 소설문학 영역의 확대작《심상의 불길》(1990년 11월 30일, 도서출판 답게)
- 여인의 자리 찾기 작《남자를 잃어버린 여자》(1993년 7월 3일, 장원)
- 사람과 도인의 관계, 인간의 운명에 대한 심층 분석작《운명의 카르마》(2002년
  4월 7일, 도서출판 마당문화)
- 한민족 가무의 파노라마《꽃이 지기 전에》(2003년 6월 30일, 도서출판 한누리
  미디어)
- 광복 후의 역사와 반역사의 올바른 분석작《역사의 수레바퀴》(2004년 5월 30
  일, 도서출판 한누리미디어)
- 한류열풍의 주역들 조명작《빛으로 날고 싶었다!》(2007년 1월 30일, 도서출판
  모델)
- 근대사를 조명한 남북관계 분석작《아! 무적》(2007년 4월 25일, 도서출판 한누
  리미디어)
- 질곡에 처한 운명 속에 살아온 여인의 조명작《어머니의 초상화 1, 2권》(2009
  년 6월 20일, 도서출판 한누리미디어)
- 민족혼을 일깨우는 역사소설《매천야록上》(2009년 12월 31일, 도서출판 한누
  리미디어)
- 민족혼을 일깨우는 역사소설《매천야록下》(2010년 9월 1일, 도서출판 한누리
  미디어)
- 기독교를 재해석한 야심작《우주정신과 예수친자확인 소송》(2011년 5월, 도서
  출판 대원사)
- 질곡의 역사를 이어온 한 여인의 인생사《천계탑1, 2》(2012년 12월 20일, 도서
  출판 한누리미디어)

사상서

- 인류시원과 동서 문명의 분석작《성서로 본 창조의 비밀과 외계문명》(2002년 2월 25일, 도서출판 대원사)
- 세계 칠대 성현의 뿌리 조명작《성서로 본 칠성님의 비밀》(2002년 10월 3일, 도서출판 한누리미디어)
- 우주의 기원과 동서양의 종교 분석작《우주통일시대》(2008년 5월 26일, 도서출판 한누리미디어)
- 배달민족의 뿌리 역사 조명작《평화의 북소리》(2009년 1월 20일, 도서출판 한누리미디어)
- 배달 한민족 상징의 꽃《무궁화를 아십니까?》(2012년 5월 10일, 도서출판 한누리미디어)
- 우리 한민족의 뿌리 역사 조명작《개벽, 그리고 개천 개국 1, 2》(2013년 12월, 도서출판 자문각)
- 인간사 고해를 헤쳐 나가는 대역사임을 조명한《진흙밭에 핀 연꽃》(2016년 5월 3일, 도서출판 한누리미디어)
- 우리 한민족의 역사가 세계사적 등불임을 일깨우는《동방의 빛 KOREA 불 밝혀라》(2016년 11월 25일, 도서출판 한누리미디어)
- 우주의 기원에서 지구촌의 역사를 조명하는《지구촌 빛과 어둠의 역사》(출간 준비중)

시집

- 《소라의 성》(1986년 3월 15, 도서출판 남영사)
- 《내가 바람이고 싶어 했을 때》(1987년 6월 30일, 도서출판 문학시대사)
- 《황혼연가》(1997년 4월 10일, 도서출판 답게)
- 《내가 사랑하는 이유》(1996년 6월 5일, 도서출판 답게)
- 《묵시의 신곡》(1999년 8월 10일, 도서출판 한누리미디어)
- 《사랑하며 산다는 것은》(2002년 2월 10일, 도서출판 답게)
- 《등신불 수화》(2005년 4월 30일, 도서출판 한누리미디어)
- 《할미꽃 연가》(2006년 12월 11일, 도서출판 한누리미디어)
- 《오늘도 살아 있는 존재 이유》(2011년 10월 10일, 도서출판 한누리미디어)